U0661054

L'attente l'oubli

布 朗 肖 作 品 集

MAURICE BLANCHOT

（法）莫里斯·布朗肖 著

鹜龙 译

等待,遗忘

L'attente l'oubli

南京大学出版社

一

在这里,写到这个可能也是对他说的句子时,他不得不停下笔来。他几乎是一边听她说话,一边做了这些记录。他在书写时还能听见她的声音。他把笔记拿给她看。她不想读。她只看了几段,因为他让她慢慢读。"谁在说话?"她问道,"到底是谁在讲话?"她感觉哪儿出了错,却找不到错在哪里。"您觉得不对的地方就划掉吧。"但她也什么都删不掉。她郁闷地把所有稿子都扔在一边。她想,即便他之前承诺会相信她的一切,他却没能足够信赖她,也没有让真相浮现的坚守。"现在你从我身边夺走的,我不再拥有,你也不曾有过。"会不会有些话她更乐意听进去?跟她的想法更靠近一些?但一切都摆在他的眼前:她已经丢掉了之前一直紧紧抓住的故事发展的原点。她说，可能是为了挽留一些东西，可能是因为最初的几个词就已经道出了一切，在她眼里，第一段最忠实，第二段也还可以，尤其比结尾强。

他决意离开那里。他不是很了解她。但他不需要特别熟悉才能与别人走得很近。让他们如此紧密相连的，不就是把这房间给他做栖身之所的机缘巧合吗？其他人也曾住过这间房，她说她反而会躲着他们。属于她的房间在同一条走廊的尽头，再往前走一些，在房屋的转角处。当她躺在宽敞的阳台上时，他便能瞧见她，他住进来不久后便跟她打了招呼。

他思忖着，她责备他不够信任她是否说得在理。他相信她，不曾怀疑她说过的话。看见她、听她说话，这用一种他不愿忽略的预感拴住了他。那他究竟为什么会挫败？她又为何如此伤心地否认了她曾说过的话？她是在拒绝自己吗？他想，他在某一时刻就已经犯了错。他曾经过于粗暴地向她发问。他记不起曾当面问过她，但这并不能为他开脱，他用他的沉默、他的等待，用他曾向她打过的招

2

呼,用一种更为压迫的方式向她发问。他把她逼得过于坦率地道出实情,一种直接的实情,毫无防备,没有退路。

但她为什么要跟他说话呢?一旦开始思索这个问题,他便不能够再追问下去。然而,这个问题也很关键。只要他没有找到真正的原因,他便不能确信她对他说过那些他现在坚信听到过的话——这样的确信来源于他的在场,来源于细细的呢喃:周遭的空气一直在诉说。那以后呢?他不该操心以后的事情,他对将来的事情并不试图承诺什么。他放她自由。可能他不想把她推向其他的隐情,或许他内心的想法反而是把她困在这样的处境中。这么做让他着迷,却也让他很不自在。但凡心里有了不可告人的想法,他就会马上察觉。这些内心的想法有没有改变他如此坚定地写下的文字,而他自己却毫无察觉呢?他觉得没有。想到她带着莫大的绝望拒绝了他,他的心里满是惭愧的绝望。忠诚,这就是对他的要求:握着一只微凉的手,带他经历了蜿蜒曲折来到一个地方,在那里,这只手便消失了,留下他独自一人。对他而言,很难不去寻觅这只手的主人。他向来都是如此。他惦记的是这只手,是向他伸出这只手的女子，而不是沿途的路。也许，这才是他犯下的错。

当他捡起这些纸片的时候，她正用好奇的目光打量着他，他不由地感觉自己因为这场挫败和她连在了一起。他不太明白究竟为什么。他好像是穿过虚空触到了她，他有一刻看到了她。什么时候？就在刚才。他看到了她是谁。这并没有让他振作起来，反而给一切都画上了句号。"也罢，"他说，"如果你不愿意，我就放弃了。"他放弃了，嘴上却是亲密之词，的确，这种话并不能直接对她说，更不能对他的秘密说。他所追求的，是一种他更熟悉、也更了解的东西，他好像和这个东西一起惬意而自由地生活过。他惊讶地发现，这可能就是她的嗓音。留给他的，正是她说话的声音。真是匪夷所思！他拿过稿纸写道："托付于你的，是她说话的声音，而不是她说的话。她嘴上说的，连同你探到的、写下来想让别人知道的秘密，虽然会试图迷惑你，但你应该慢慢地把它们重新带回当初你在其中发现它们的静默。"她问他刚刚写了些什么。但这些话她不该听到，至少不能让他们俩同时听到。

❖ 他偷偷地看着她。她也许在说话,但她的脸上却丝毫没有显露对她口中之语的好意,也没有一丝的不情愿,表情里是奄奄一息的笃定,和不真不假的痛苦。

他本想能够对她说:

"如果你想让我听见你的话,那还是停下别说了。"而此时此刻她无法停下,哪怕她所言无物。

他明白,她可能是忘了所有事情。这个想法并不让他感到困扰。他问自己想不想弄清楚她曾知道的事情,与其说是回想,不如说是遗忘。可是遗忘呵……他也应该,他也一样,走入遗忘。

❖ "为什么您就这样听我说话? 为什么,哪怕在说话的时候您还在听? 为什么您会让我道出以后才该说的话? 而且您从不回答;您从不让别人听到你心里的一丁点想法。您要明白,我以后什么都不说了。我的话都是废话。"

她也许希望他把她说过的话再说一遍,只是重复而已。但她在我的话里却听不出她的话。难道我不自觉地改变了她的一两句话? 还是有些东西从她口中再到我的嘴里就已经不一样了？

他自言自语时声音低沉，她对他说话时声音更低。他在听见之前就该再重复一遍她的话，像是他无迹可寻的流言，无处游荡，却四处安身，是该任由它流传了。

再次回到嘴边的都是老话，即使不说出口。

❖ 即便他不能对这一切冠以"真实"一词，这些事却不是虚构。有些事情发生在他身上，他却说不出是真，还是假。后来，他觉得这件事在这一层面既不是真也不是假。

❖ 这间破房子啊，你之前没有被人住过吗？你看这里多么阴冷，我待在房里的时间真是少得可怜。我住在这儿，难道不只是为了抹去我住过留下的痕迹吗？

再一次，再一次，一直在行走，总是在路上。造访另一个国度，参观其他的城市，踏上不同的道路，脚下是同一片土地。

❖ 他总是感觉，她喋喋不休却还没张嘴。于是他便等着。他和她一起都被困在等待的循环中。

❖ "让我能跟您说话吧。""好,但我为此该做的,您的心里有数吗?""让我相信您可以听见我说话。""既然如此,那就开始吧,跟我说话。""您听不见我的话,我怎能开始说话?""不知道。好像我能听到你说话。""你这个'你'是什么意思?您跟别人从来都不用'你'。""这就是我跟你说话的证据啊!""我不要求您说话:听,只是听。""听你说话,还是普通的听见?""不是听我,您已经明白了。听,只是听。""那么,当你说话的时候,不是你在说话该多好。"

于是用唯一的语言让别人听到了双重的话语。

她与他进行的是一种抗争,一种静默的解释,她通过静默的解释让他道歉也对他解释。

❖ 他难道不是从第一天起就让她有所防备吗?那天不正是他们第一次见面吗?那天不就是在他看来,她在那儿非常难为情,感到惊讶到几乎恼怒,等着他为她辩解也为自己开脱的那天吗?

年轻气盛的他，没有任何迟疑就做出了回应。在那个辉煌的时代，一切都显得有可能，他也毫不留心，总是最公正地记下关键的细节，靠着从没出过差错的记忆完成余下的部分。

❖ 就好像她曾经等着他向她详尽地描述那间她和他一起待过的房间。可能是想让自己确信她确实在那儿待过。可能是因为她预感，这番描述能让这个曾被别人住过的房间突然出现。

在等待的尽头，需要等待的事物长久以来只能维持等待，或是到最后一刻，或是到无限远的瞬间：我们之中的人。

试着不去理会我们知道的东西，仅仅如此。

❖ 他肩负着什么？他自己怎样的不在场压在他的身上？

❖ 他试着观察这个房间，与其说是饶有兴味，不如说是漫不经心：这是一间宾馆的房间。房间又狭又长，或许长得有些反常。

❖ 当他明白了她没有尝试把事情的经过告诉他——或许她说了——明白了她带着冰冷的痛苦与积压在心头的话作着抗争，明白了她努力与未来或是还没有发生、却已经出现、然而已发生过的事情保持联系，他第一次感受到了恐惧。起先，他什么都不知道（他明白自己是多么想弄清楚），然后他从来都没弄清楚这何时才能结束。这让他的生活变得严肃、脆弱，没有结局也没有希望。说到他与她的关系，只不过是一场永久的谎言。

❖ 房间的特点就是它的空。他走进时没有察觉：这是一间宾馆的房间，宾馆是中等档次，他曾住过许多这样的房间，也非常喜欢它们。但是，一旦他想描述它，它却是空的，他用的词语都只是在描述它的空。然而当他跟她说到"这里是张床，那边有张桌子，那边还有一把扶手椅"的时候，她又很有兴趣地打量着这空。

❖ 她自以为——至少他有印象——他拥有一种强大的力量，凭借这种力量可以走到真相的中心，这种真相一直在她眼前，她却不能把它变成现实；但他漫不经心得让人费解，拒绝用这种力量做任何事情。"为什么您不能把您能做的都做了呢？""但我能做什么？""比您现在做的要多。""好吧，可能是要多，多一些吧。"他高兴地接道，"自打我认识您，我就有这种感觉。""您坦诚些，为什么您不用这份您已知的自己拥有的力量？""哪种力量？您跟我说这些是为何？"她带着冷静的执着又绕了回去："认清楚这属于您的能力。""我不清楚什么能力，它也不属于我。""这正好证明了这种能力就是您的一部分。"

声音回荡在巨大的空之中，是声音的空洞，也是空荡房间的空。

❖ 词语在她心中消磨了它们帮她表达的回忆。

在她的记忆里，能回忆起的只剩下痛苦。

❖ 许久以来，他想听见她的欲望总是让步给一种沉默的需要,她所说的全部构成了这份沉默平淡的背景。但只有聆听才能孕育沉默。

他们两人一直在找寻语言的贫瘠。在这一点上,他们才能合得来。对她而言,往往有过多的词或是一词之多,还有些过于丰富的词语言之过多。即便不怎么博学,她好像总是偏爱抽象的词语,这些词言之无物。难道她不是尝试让他和她一起,在这件事情中寻求一份庇护,来抵御这事件会引起的后果吗?曾有些时候他相信这一点,也有一些话让他相信。

可能她只是想通过告诉他这件事情,来毁掉他身上自我表达的意愿,她同时也想让他成为这种意愿。

❖ 不应该回想之前的事情。

❖ 等待,关注让等待变成一种中性的行为,让等待绕在自身,缠成一个个圆圈的事物,这些圆圈的最里层和最外层相互重合,等待中分散的注意力和回到等待之外的事物。等待,等待就是拒绝等待任何事物,是用一步步展开的安静广阔。

❖ 他感觉自己被最初的心不在焉所控制，这种心不在
焉并不分明，被分散在某些极其专注的行动中。等待着，
却依赖于无法被等待的东西。

等待对她而言似乎意味着把自己重新放入她必须出
色完成的故事当中，而且这个故事必然的结局是她不断向
一个目标前行。注意力在这个故事中扮演的角色就是为
了把他从最初的心不在焉中拉出来，如果没有这种分心，
他感觉集中注意力会变成一种没有结果的行为。

等待，应该等待什么？她表现出惊讶，如果他问她的
话。因为对她来说，这个词已经足够。我们一旦开始等
待，我们就会少一分期待。

❖ 严守秘密与静默的等待在他身上施加了巨大的压
力。许久以来，他们不再期盼能等到他们预想的结局。他
甚至不知道她是否继续跟他谈论这件事。他偷偷地看着
她。她好像在说话，但在她的脸上丝毫没有对她说的话的

关切……

❖ 他可能不会行动。

"如果您不行动,您将来还是会做。""那您希望这样?"
"呵,您不会像这样脱身的。如果您做了,我就希望这样。"
他思忖着:"也许我以前本可以做了。""那是什么时候?"
"这么说的话……是我还没认识您的时候。"这番话让她笑
了出来:"可您现在也不认识我啊。"

❖ "是啊。"她真的说了这个词吗?他如此透明以至于
他任由她说的话消逝,包括这个词本身。

❖ "这件事在这儿发生,您当时和我在一起?""可能和
您在一起:和一个我现在肯定能从您身上认出的人。"

他希望从外面能更好地看见他的境况:不是开始,反
倒是一种原始的空,一种对任凭故事开始的强烈拒绝。

故事,她用这个词是什么意思?他突然回想起在他的
生命里的某一天突然出现的几个词。"没有人希望与一个

故事相联系。"记忆几乎消逝,却仍震动着他。

❖ "我会做所有您想的事情。"但现在,这对他来说还不够。"我不要求您帮助我,我想让您待在那里,然后等待,您也一样。""我该等什么呢?"但她却不明白这个问题。我们一旦开始等待,我们就会少一分期待。

❖ "当我跟您说话时,就像包围我、保护我的部分全部丢弃了我,让我暴露,变得柔弱。我的这一部分去哪儿了?它是不是在您的身上,然后转而攻击我?"

他预感到,她等着他把她带到足够远,这样她才能在心中唤起记忆,然后道出它。这正是他们每时每刻不断提到的东西。

众目之下却悄无声息。

正如痛苦栖身于思想之中。

❖ "也罢,"他闭上了眼对自己说,"如果你不愿意,我就放弃了。"他意识到她可能忘记了所有的事情。她忘记的正是她想对他说的。起初,由于年轻气盛和过人的坚定,他曾享受过这种遗忘,这种遗忘好像让他接近了她所知道的事情,可能比回忆还近,他也尝试通过遗忘来知道她所知道的。但是遗忘啊……他也应该要走进,他也一样,走进这遗忘之中。

❖ 好让我跟你说话吧。

"我该说什么呢?""您想说什么?""如果我说出口,会毁了我说话的意愿。"

她说话时给人的感觉,是她不能把词语同以前语言的丰富内涵联系在一起。他们没有故事,与所有人的过去没有联系,甚至与她自己的生活也没有关联,与任何人的生活都没有联系。然而,他们精确地说出了自己想说的话,这份精确只有他们在缺乏暧昧之辞时才显得可疑:正如他们只有一个唯一的含义,除此之外,他们都会变得沉默。

整个故事的意义就像一个长句,不能被分割,只有在句末才能找到意义,而在句末,意义就像生命的气息,是整体静止的前行。

像从前一样，在她所说的话之外，他开始在一个没有深度的广阔中听见另一种话语，这种广阔没有高低，事实上却有迹可循，他自己的话语与这番话语没有任何相通之处。

❖ 好让我跟你说话吧。

❖ 她对他的拒绝也体现在她的顺从之中。一切都是模糊的，他知道，也可能是暧昧的，她的在场联系着一个疑问：她在场好像只是为了停止说话。随后而来的日子里，他们的关系破裂，她又重新回到安静的现实中。

这样，他才能更清楚地看到她处在多么巨大的脆弱之中，看到她有时让他说话的权利从何而来。那他自己呢？难道他不是过于坚强以至于不能听她说话吗？难道他不是过于确信自我存在的延伸意义吗？难道他不是被自己的前行过分裹挟了吗？

在她说的话里、在她最简单的语句中少了些什么呢？

❖ 好让我跟你说话吧。

她真的是这么想的吗？她确定自己不会后悔吗？"不是的，我会后悔。我现在已经后悔了。"她带着些许难过，说道："您也一样，您也会后悔。"但她又马上接道："我不会把全部告诉你，我几乎什么都不会告诉你。""这样的话那还不如不开始。"她笑道："是啊，但事实是我现在已经开始了。"

他自始至终都明白，没有什么可以用最普通的词汇表达，除非他自己也属于同样的秘密，并不是要弄清楚这个秘密，而是要放弃这世上的光明。

他从不清楚他知道些什么。这便是，孤独。

❖ "把这个给我。"他听着这个命令，就好像她从他而来，向他说着话。"把这个给我。"不像是祈求的话语，也并不像一道命令，而是中立的、空白的语言，他绝望地发现自己不能抵抗这样的语言。"把这个给我。"

❖ 此时此刻，他纠缠在一个错误里，他不能全身而退，这个错误就是重犯最老的错误。当别人跟他说"这种想法，一直都是一样的"的时候，他甚至不明白是什么想法，他只是思考，最终答道："并不是一样的想法，我还想多思考一会儿。"

我只能听到我已经听到的话。

❖ 他问自己，她一直活着是不是为了延长结束生命时的快感。

❖ 他之所以能够离开，他知道，原因在于他确信可以留下来。但他预感，离开从个人的角度可以最轻易地实现，但从另一个角度看，离开却有着无法实现的决定的所有特点。他可以离开，但他却留下了。这就是她左右徘徊的实情，她也如此。

然而有时，他的漠不关心像是一种证据，他寻思自己是不是处在居留的第二情态之中：他在那里，因为在某个瞬间，他已经离开了。

现在他才发现，他强迫她说话。她刚刚走进房间，他就关上了门。他用另一个房间取代了这个房间，同样的、像跟她的描述一样的房间，是的，相同的，他不会像这样欺骗她，这房间由于词汇的贫瘠而显得简陋，缩减成几个名词的空间，他知道她走不出这个房间。他们一起闷在封闭的空间，在这里她所说的一切只能说明这种封闭。她难道没有说过这句话，只有这句话吗："我们被关在这里，我们再也走不出这里了。"

❖ 然而，一切都没有改变。

❖ 房间开了两扇窗，几步的距离之外，直挺挺地立着一面墙。阳光可以穿透，一直到达一张黑色的桌子，是那种厚实、稳重的黑色。从桌旁开始就照不到阳光了，却依然敞亮。她笔直坐在扶手椅上，双臂没有搭在扶手上，慢慢地呼吸着。

"您这么想让它走出这间房间？""这是必须的。""您现在不能走。""这是必须的，是必须的。""只有等您把所有事情都告诉我之后。""我全部都告诉您，所有您想让我说的。""所有您必须要说的。""好，所有您必须听的。我们现在在一起，我会把所有的事情都告诉您。但不是现在。""我不拦着您走。""您应该帮助我，您很清楚。"

❖ 并不是你和我困在一起，并不是你还没有告诉我的事情把你与外面分开。我们两个谁都不在这里。只有你的几句话踏进了这个房间，我们只是远远地听着。

❖ 您想与我分开吗？但您怎么开始呢？您要去哪里？在哪里您不是和我分开的呢？

❖ 如果你发生了什么情况，我怎能承受等待弄清楚发生了什么，而这等待却是为了不承受它？如果你发生了什么情况——即便它许久之后才会到来，在我消失很长时间以后——从现在起，这难道不是让人难以承受的吗？是啊，的确如此，我完全不能承受。

❖ 等待，只是等待。陌生的等待，在每个时候都相同，好比空间之于其每个点，在不施加压力的时候施加同样的持久压力。孤独的等待，之前在我们身上，现在转到身外，是我们没有自己的等待，它迫使我们在自身的期待之外等待，没给我们留下任何可以等待的。最初是亲密；最初是对亲密的无知；最初每个紧邻的瞬间互不相识，彼此挨着，却毫无关系。

他尝试着，有时很痛苦，不去考虑她。她占的地方很少。她一直坐着，双手摊在桌上，以至于他一抬眼就能看到她空空的双手。有时他以为她已经起身走出房间。但她还在那里。

"您已经知道了全部。""对，我知道了全部。""为什么您强迫我告诉您呢？""我想从您的口中和您一起知道。这件事情我们只能一起知道。"她思索着："但您不怕少知道些吗？"他也思考了一会儿，"没有关系。应该是您说出来：一次，就说一次；应该让我听到您说出来。""如果我说了一遍，我就会一直说。""对，正是如此，一直。"

"我不想知道。为了不想我必须弄明白，所以我想您跟我说。""不，不，不是这样的。"

❖ 他知道，他觉得她也知道，这里某个地方是空白。他若是思索，带着平和地排除一切奇怪概念的耐心，如果他能够更加全神贯注便可以很快推断出这空白就在一个他能认出的地方。但要想起这空白，哪怕是回忆，他都要付出巨大的努力。好像他向自己的思想中注入了一种痛苦，它一旦觉醒，就迫使他不再能思考这种空白。然而，就在那天，他走得更远。他想，若他能准确地描述这间房，细致而不急促，不考虑他自己对房间的存在，而是试着将房间安排在自己对其存在的周围，他大概就能发现少了什么，并且发现这种缺失将他们二人置于对某种事物的依赖中，这种事物在他看来有时很可怕，有时很愉悦，或者说是令人可怕的愉悦。自然而然地，他明白自己并不太喜欢看着这间房间，只是她不断地、带着静默的坚持要求他向她描述这间房间，并一再重复。但自打他走进房间，觉得它还是很舒适的。

他身上有个弱点和让他分心的地方，他不得不把它和自己所想的与所说的联系起来，即便可能会造成他认为的本性的不忠。所有他写下的和他不得不经历的都排列着朝向这个点，好像一个多变的、移动的力场。这个点是什么呢？他曾有几次接近它。他固执地从这种接近中得出了惊人的发现。他每次准备重新开始行动时，并不顺着心意却很情愿；又或者并不情愿，只是不顺着心意罢了。

❖ 他认为已经学会耐心，但他只是丢掉了急躁而已。他现在没有其中任何一者，只有这两者的缺失，他想从中汲取最大的力量。没有耐心，没有急躁，既不赞成也不反对，被抛弃却不放弃，在静止中前行。

带着莫大的愁绪，却又带着怎样静默的坚定，他感觉再也不能说出"我"了。

❖ 在面对每一刻时，我们应该一直表现出它仿佛是永恒的，而且它好像等着我们要重新化为瞬间。

他们经常谈起他们不在的那一刻，哪怕知道他们一直会在那里谈论这样的时刻，他们觉得没有什么比度过永恒在展现其限度时更能配得上永恒了。

❖ 是不是有一扇他没看见的门？是不是有一面光滑的墙,墙上开了两扇窗？是不是有同样的光亮,哪怕是在晚上？

❖ 只表达不能存在的事物。让它未被表达。

❖ 一些负面情绪在帮助她说话。他感觉在她的每句话中,总是给结束的可能性留下了空间。

她说的所有内容,很明显,她尝试着不要用他对她的存在来支撑它。如果一个人可以不要退到言语之后,可以不给词语以生命、以温度,远远地谈论自己,却带着最大的热情,一种没有温度、没有生命的热情,那么这就是她现在说话的样子。

❖ 他从没有问过她的是:她说的是不是真话。这说明了他们的关系为何复杂;她说真话,但并不代表她所说的都是真的。

然后有一天,她对他宣布:"我现在知道为什么我不回答您了,因为您没有问我。""的确如此,我没有好好问您。""但是,您一直在问我。""是啊,一直。""您做的太过,让我无法回答。""但我问的却很少,您得承认。""太少了,但我一辈子都不够回答。"她几乎站在他的身边,目视前方:"不必说,如果我死了,您肯定会把我叫醒让我回答您。""除非,"他微笑着说,"我没有先死。""我也希望不是,这恐怕是最坏的情况了。"她停下,又回到另一个想法:"我应该能够只知道一件事情。""就像我能够只听见一件事情,我们却害怕它们不是同一件事情。我们还是小心些吧。"

我只能听到我已经听到的。

❖ "您怀疑我吗?"她想说的是她的真诚、她说的话和她的行为。但我却听出一个更大的疑问。

呵,如果我能说服自己她向我掩藏了一些事情该多好。"你有秘密吗?""是您现在有秘密,您很清楚。"是啊,很不巧,我知道我有秘密,却不知道这秘密是什么。

作为结语，话锋一转："我是不是说话从来没有停过？"

❖ 你应该当心这样的表象！没有规律的时候，就只有外表，但她好像被束缚在这里的一个特别的点上，假若你想见她的愿望不排斥其他，她就可以让这个点变得可见。

夜晚的想法，总是闪着光，更加与人无关，也更让人痛苦。持续的痛苦与无尽的欢乐，同时还有静默。

❖ "我希望您只是通过您身上那无动于衷与无法感知的东西来爱我。"

❖ 她有时不是跟他提到过，没有完成描述是徒劳，描述一直都是完整的，缺少的只是他们自己的不在场吗？我们也分不清她是享受这种不在场，还是因它感到惊慌。"当我们已经离开的时候。"要么只是"当我们已经不在那里的时候。"——"那么，您也是，您也不在那里了。""我也一样，我也不在那里了。"

❖ 两句话紧紧地挤在一起，仿佛两个鲜活的身体，却徘徊在模糊的边界。

❖ 她有一个非常好的初衷。他问她，她回答。这样的回答，虽然真实，但内容并不比问题多，只是将问题再次关闭。同样的话语又回到了自身，然而却不是完全的相同，他意识到了这一点；在话语回到自身的过程中出现了差异，若他能体会到，就会领悟不少。也许是时间的差异；也许是同样的话语被抹去了一些，但因此在特定的含义上更加丰富，就像回答的内容总是比问题少了一些。

"您说的所有话都在向我发问，即便您说的内容与我无关。""但所有都跟您有关！""跟我无关。我，我在这里，对您来说已经足够。""是啊，对我来说已经足够，前提是我确定那是您。""您不确定那是我吗？""如果是您，就确定是您。"他差点就要把之前的感受告诉了她：她所在的地方总是有一个模糊的整体，它无限延伸却又在白日里迷失，这样的集合并不是一群真正的人，而是某种数不清、不确定的事物，是一种抽象的、脆弱的东西，只能以数目庞大的空的形态出现。但她自己，无论她与这种集合有怎样的联系，都不会真正地迷失于其中，反而用温柔的威严让它更明晰、更让人信服。

"所有您说的话，我看它都围绕在您身边，像是大量的集合，您任由自己被它吞噬，它是一种脆弱的东西，脆弱得让人害怕。""我也感受到了。它一直在晃动。""我们说的话也如此毫无价值吗？""毫无价值，我很害怕，但这是我的过错。""是我们的错。""对，"她开心地接道："是我们的错。"

❖ 一些时光从谈话间消逝。

❖ "他什么时候告诉您这些的？""他告诉了我？""他告诉您他在您身边很开心吗？""这个词真好笑！"这个词让她愉悦起来。"没有，他从来没说过这些。"接着，她有些奇怪地激动道："他在我的身边不开心，他在谁的身边都不开心。""啊，这言过其实了吧。他在别的地方生活？不太喜欢见人？"没等到她回答，他又勇敢地问道："这么说来，为什么他几乎都待在您的身旁?"她听着这个问题,好似任由它被问出口。她一动不动,他心里怀疑她是否能承受长时间地处在如此巨大的压力中,但她所做的更甚于抵抗这样的压力。出乎他意料的是,她对他所说的,比她自己从未对他说过的事可能还要多,她说话的方式唤醒了他心中久违的、痛苦的意识:"是啊,他几乎时时都在我的身边。"

他几乎时时都在她的身边。

❖ 一座城市对它的每个角落都在施以压力。城市里有房子却不是为了让人住,而是为了空出街道,在条条街道之上,方能看到城市不断地运动。

❖ "我们在这里并不孤独。""是的,我们不是真的孤独。我们接受自己是孤独的吗?""孤独,却不是每个人为了自己,而是为了在一起。""我们在一起吗?并不是这样,不是吗?只是,如果我们能够彼此分开该多好。"

❖ "我们在一起吗?并不是这样,不是吗?只是,我们能够彼此分开该多好。""我害怕我们彼此分开，是因为您自己不愿提到的、关于您的事情。""但正因为如此，我们才重新走到一起。""重聚，就是分离。"她迷失在某种回忆中，走出这段回忆时她微笑着说道："不论我说过没有，我们不能分开。"

可能爱着的是他身上——尽管她曾责怪他——那份面对她对他不能言说之事而不得不忘却的、太过强烈的爱慕之情。

❖ "我们还没有开始等待，不是吗？""您想说什么？""我想说，如果我们能让它开始，我们也能用等待将它结束。""我们这么希望它结束吗？""是啊，我们希望它结束，我们只希望它结束。"

"如果我们一起等待，一切都会改变。""倘若等待之于我们是共同的？倘若我们都属于这份等待？我们所等待的，难道不是在一起吗？""是啊，在一起。""却在等待之中。""在一起，一起等待却毫无期待。"

❖ 他想，孤独是否与她的在场有关，并非直接关联，因为她要求他过着平庸的生活，即便他从没真正地成功过。当他触摸她、用她会马上诺许的动作吸引她的时候，他知道，他们两人之间仍有距离，虽然很小，但他从没有放弃离她更近一些。

❖ 床与桌子并排放着，靠在开着两扇窗的那堵墙上。实际上是一条足够宽的长沙发，他们能并排躺在上面。她紧靠着墙，翻身朝向紧紧抱着她的他。

❖ 他知道在场所和注意力之间存在某种巧合。这是个引人注意的地方。他从来不是关注的焦点，他只是永久地待在那里。但他也不想成为这种关注的焦点。

处于极端的、普遍的关注中而不被发现，这给人某种冰冷的幸福。

他丝毫不被注意，他只能通过无止境的忽略才能感受到关注。她十分巧妙地用持续的、无法察觉的接触让他停留在这种无止境的忽略之中，她总是把他从他自己身上剥离,让他能自由地对待那片刻给予他的关注。

❖ 神秘什么都不是,即便作为神秘的虚无。他不能成为注意的对象。当注意力——它是不变的,也是自身的完美对等——成为所有中心的缺失时,神秘就是注意力的中心。

注意力的中心消失在关注之中,这个中心的周围散布着视角、视线以及从内部和外部观察的秩序。

专注漫无目的,也与人无关。它是空,专注就是明亮的空。

神秘,其本质是一直处于专注之中。而专注的本质,是在它之中并通过它,得以保留处于注意力之中的事物。神秘,是所有等待的源头。

专注,就是迎接不被关注的事物,是对意料之外的开放,是不期待任何等待的等待。

❖ 随后她开始说道:"我想跟您说说话。"她跟他说话没有停下来过,但没什么比最初的几个词带给他的震动更大。

她面对自己，表现出让人惊讶的轻率，以至于她没有别的目的——他对此并不怀疑——她只想强迫他活在与生命不可调和的谨小慎微之中。

"您听这个故事，就当它很感人、很了不起、很有趣。"他也是这样听的。

这个故事只需要一些注意力。但也需要让人专注的等待。

❖ 我身上的某个人同他在交谈。

我身上的某个人同别人在交谈。我听不见他们说话。但如果没有将他们分开的我，没有我在他们之间保持的分隔，他们也听不见彼此。

❖ 他发现她喜欢光亮，这种光亮源自于描述的某个点，而描述是他默默同意永不停止的事情。

不要照着你的回忆来描述它。

❖ 当他问到"她从自己身上期待什么"的时候，他觉得她不在等待，而是在等待的边缘。

❖ 她不在等待，他不在等待。他们之间却隔着等待。

❖ 注意力在等待。他不知道这种等待是不是他自己的，不知道这种等待是不是与他分离的、在他之外的等待。他只是和她在一起。

等待在他身上聚集的专注并不是为了实现他所等待的事物，而是通过唯一的等待让所有可能实现的事情消散——让不可实现接近。

只有等待才能让人专注。没有目的的、空的时间才能让人专注。

通过专注，他不能专注于自身，也不能专注于其他任何事物，而是被等待的无限引向最后的极限，这个极限却在等待之外。

等待通过抽离所有的期待而让人专注。

通过专注，他拥有了等待的无限，等待的无限将他暴露于意料之外的事物，将他带向无法等待的最后极限。

❖ 危险莫过没有专注的言语。

专注从不离开他；在她身上，他被残忍地抛弃了。

❖ 他不认为一种话比另一种更重要，不认为每句话都比别的话更重要，也不认为每一句都最为关键，他认为它们尝试把所有的语言都汇成一句我们可能说不出口的话。

❖ "你再也不要回答这样的话了。"他马上站起来问道："这是谁说的？"四周一片安静，他又问道："谁在保持沉默？"

他明白，她在说话，没有人向他保持沉默，也没有人把他从她身边带走。

❖ 只要他看着她，他就感觉她在不知不觉地后退，在她后退时又吸引着他。他们相继抽身，一动不动，给他们的静止留下了空间。他们并排躺着，一个挤着另外一个，当她挪了挪身子的时候，他又抓住她；她虽然挪开，心里却在想他；虽有距离却亲密无间，触摸着她却无法感受。

❖ 这是一块恐惧的处女地。

❖ 他醒来时认出了他过夜的房间，他很高兴选对了房间。这个房间在一家中等档次的宾馆里，他很喜欢这样的房间，有些狭窄却很长，长得有些反常。在他的身边，背对着躺着一位年轻姑娘。他想起来她跟她说了大半夜的话。

❖ 他告诉她，她似乎被这些话震惊了："我认识他的时间并不比您认识他久。"过了一会儿，她想反驳他的话。"但是，"她说，"正是自打我认识您，您就不认识他了。"

"如果我的话突然被我听到，会发生什么呢？"

"若想听见我说话，不要听我说，而是要让我听。"

❖ 他从什么时候开始等待？等待一直以来就是等待的等待，周而复始却悬置了结局，在此间隙又打开了另一轮等待的间隙。无所等待的夜晚就好比这等待的过程。

等待的不可能性本质上也属于等待。

他意识到自己写作是为了回应等待的不可能。因此，已经说过的话都与等待有关。这样的灵光从他身边闪过，只是闪过。

❖ 他从何时开始等待？自从他通过失去对特定事物的兴趣，哪怕是结束它们的兴趣，让自己为了等待而解放自己。等待不等待任何事物。

不论等待的对象多么重要，它总是被等待的过程无限超越。等待让所有的事情变得同等重要，也变得一样没有意义。哪怕为了等待微乎其微的东西，我们都要拥有无限的等待的力量，这种力量似乎取之不竭。

"等待并不给人以慰藉。""任何事物都无法慰藉等待的人。"

❖ 即便等待与他心中的焦虑密切相关，等待用自身平静的焦虑早已化解了他心中的焦虑。他因为一种为了等待的等待而感到解脱。

❖ 这些话都是老生常谈，当她说出口的时候，虽然想

了很长时间，却仍只是外表光鲜、内里枯萎的事实。

她说过的所有话都是以前的想法和说过的语言。在

别处，他兴许能理解；在这里，他听到它们时已经太迟。

❖ 她用自己把自己裹起来，转来转去，让他如何才能

看到她？他要同一种想法抗争，这种想法从他看她那一刻

起，就与他相关。

❖ "您别说这些了。也别再想了，忘掉一切。""我已经

忘记了一切。包括您，我把您也忘记了。""是啊，您已经忘

记了我。"

在他们之间没有真正的对话。只有等待在他们的言

语之间维持着某种联系，话说出口是为了等待，等待别人

说话。

❖ 在等待之中，任何语言都会变得缓慢、变得孤独。

❖ 他应该先她一步，一直前进，他不确定她有没有跟随他。关于她想对他说的话，他执意要先弄清楚她后来才想让他听到的话。他们就这样前行着，在前行中静止。

❖ 早晨的阳光始终如一。

❖ 当他看她看得太久，他仿佛与她重叠，在他的位置上看到一个人的不在场，他不惧怕看到这样的不在场。

❖ 没有结果的等待，更贫乏也更空洞。圆满的等待，往往蕴含着更多的等待。一者就是另外一者。

❖ 这个想法是：她在那里，虽然她用言语通过某种方式否认了她的存在，却明确了她与她自身的某种秘密关联。

❖ 在空里有数不胜数的人。

❖ 同一天正在流走。

❖ 他曾一次、两次、无数次地看见她。他走到她的身边，却没有抹去自己的存在。无论他是否知道自己的事情，他都未怀疑过她。她没有发现他，他接受自己被忽略。因为这双重的孤独，他最初感受到莫大的震动与生命的深刻；而最后，却背负着欺骗与过错的莫大负担。只要经受一次，就要无止尽地坚持下去。

她忽视了他，却比任何人都在意他的所言所行。

在他看来，她不怀疑他的在场，也不相信他的在场。也许是因为她不生疑，所以她也并不相信。

❖ 她将自己全部的信任都放在一件她不相信的事情之上。

❖ 她不在意他的行为：他什么都不做；也不在意他的

言语:他说的比他听的少;她在意的可能是他本身,是那个等待从他身上揭示出的"他",是对地点略带专注的冷漠。

❖ 他曾忍受过等待。等待让他成为永恒,如今他只能永恒地等下去。

等待在等待。通过等待,等待的人在等待中死去。他把等待带到死亡当中,好像将死亡变成了我们在死去时对期待的事物的等待。

死亡被看作是期待中的事件,却不能终止等待。等待将死亡的事实转变成某种事物,即便它到来也无法让等待停下来。等待是让我们知道死亡不能被等待。

活在等待中的人,看到生活像是等待的空向他走来,看到等待像是超越生活的空向他走来。这两种行动之间不稳定的关联就是等待的空间。每迈出一步,我们还在这里,却已经在此之外。正如我们不是通过死亡跨越了这里,我们等着它,却无法到达;我们不知道它最重要的特点就是不能在等待中到达。

当有等待时,就毫无期待。在等待的过程之中,死亡不再能被等待。在等待内在的平静之中,所有将到来的事情都被裹挟,等待也不会让停止它的死亡到来,而是将死亡悬置,让它消散,让它在每个瞬间都被等待的空的对等所超越。

等待与死亡之间有着奇怪的对立。在一种对死亡无动于衷的等待中,他等待着死亡。同样,死亡也不会被等待。

❖ 死去的人让濒死之人如获重生。

❖ "您用我的问题做出回答。""我把您的问题变成了答案。"

❖ 当她去找一些话,想对他说"您永远都不会知道。您永远都不会让我开口。您永远都不会明白我为什么和你一起在这里"的时候,正是在让她声音激动的强烈震动中,她一动不动也毫无表情,他突然听到她告诉他,她没有改变音调,甚至没有改变她的言语:"好让我跟你说话吧。"

他永远都不会忘记这份请求。

在一些日子里，他曾经与她对抗过，用他的语言，用他的沉默："不，我不是您想让我成为的那个人。"许久之后，她打断了他："如果您成为了他，那您又是谁？"可能有所保留，或是出于更大的困难，他不想明确地说出来，于是她得意地断言："您看，您也说不出来，更不能否认。"

❖ "您不是在对着我说话，您是对着一个不在那里听您说话的人说话。""那您在那儿吗？""我在那儿。"

❖ 他从未梦见她。她从未梦见他。只有通过他们想为彼此成为的那个人，他们才会被梦见。

❖ 她躺着，半侧着身。桌子就在床的旁边，他写作时不断的声响让安静变得近乎透明。她突然问他："事实上，你是谁呢？你不可能是你，但你是某个人。是谁呢？"他停下手上的活，低下了头。"我问你话呢。"他也在问自己。"不要怀疑，"他轻轻地说，"我选择做遇到我的那个人。我就是你刚才说的那个人。""是谁?"她几乎喊了出来。"就是你刚才说的那个人。"

❖ 我们知道,只与我们二人有关。

❖ 长久不变的等待,就会成为厌倦。等待停滞不前,最初把自己作为对象,对自身心生好感,最后对自身心生怨恨。等待,等待的平静的焦虑;等待成为了安静的广阔,在那里,思想出现在等待之中。

她有时坐在桌子上一动不动;有时背对着他躺在床上;有时站在门口,从远处走来。这是他最初看到她的样子。她站着,刚进门一言不发,甚至没有环顾四周,好像她经常把一个地方的在场都聚集在她身上;当然,如果不是他和女性之间有一种立马让他与她们熟络起来的、长久以来的亲近,他应该立马能感觉到房间里有位不速之客,但出于年轻人坚定的自信,他并没有看出她的到来有什么不同,他没多迟疑就跟她打了招呼:她在那里,他不会让她再次离开。

他在那里，她不会让他再次离开。

❖ "当你想起我抛弃了你的时候，确实如此。甚至当你悲伤地说我没有抛弃你的时候，确实如此。但是当你想到我被自己抛弃的时候，那么现在站在你身旁的人又是谁？"

❖ "进来。"她慢慢地走近，她没有不情愿，却表现出内心的走神，这样的走神却让他出奇地专注。

她说过话，但他没有听。他听她说话只是为了用专注把她引向自己。

❖ 在场如此之小，这里如此之空。

❖ "呵，到最后，您还是坦诚地说了出来。""为什么这样说？我不是一直很坦诚吗？""非常坦诚，您也许过于坦诚让这个毫不坦诚的真相通过你自己说了出来。"

他明白，她和他都一心只想达到这样的想法。这种想法在他们之外，为了引导他们或是为了让他们迷途而等待着他们。

如果他迫使她说话，他永远也不会给她压力以进入她的脑海。他并不对她花心思。心思这个词不那么清楚，也不那么模糊。她一个人说着话，又一个人闭上了嘴。

❖ 他吸引着她，他是怎样吸引她的呢？他不断地用一种静止的、无法感知的力量吸引着她。她就是这个吸引力的场，他吸引着她，由于反作用，她也吸引着他。她被停在这里却没有被定住，一动不动，是一种游离的静止。

在自己之外流浪，走到在他之外的他的身旁。

❖ 她忘记了什么？忘记的东西很重要吗？不，它毫无意义。她说这话时带着狂怒的平和，带着浸满泪水的平静，有光亮透过，却仍旧暗淡沉重。

❖ "您为什么这么想？""我这么想，我从来都这么想。我们无法中断这种想法。"听到这样的宣判时，他打了个寒颤。

❖ "您认为他们能回想起来吗?""不,他们忘记了。"
"您觉得遗忘就是他们回想起来的方式吗?""不,他们忘记
了,他们在遗忘中什么都没留下。""您认为在遗忘中失去
的东西会被保留在遗忘之遗忘中吗?""不,遗忘不在乎被
遗忘。""那么,我们被完全地、深深地、永远地遗忘了?""没
有奇迹、没有深度、没有永恒地被遗忘。"

❖ 他们一起在房间里走着,慢慢地,轻轻地,巧妙地绕
过每个障碍,某一刻又望向窗外。他们在一起,他们并不
知道,他们说话,相互回应,却是徒劳。尽管如此,他们还
是带着平静与温和对彼此说着。

❖ (这里有两个人,他们是两个古老的神。他们在我
的房间里,我和他们生活在一起。

突然,我加入了他们的对话。他们并不对此感到讶
异。"您是谁? 新来的神?""不,不,我只是凡人。"我的抗

议并没有让他们停下来。"啊，新的神，他们终于来了。"

他们的好奇心并不重，稍纵即逝，让人感到不可思议。"您在这儿做什么?"我告诉了他们。他们却没听我说话。他们从轻快的知识中洞悉了全部，这种知识并不会因为我告诉他们的片面的事实而变得沉重。

他们很好看，但我看她太入神以至于对我来说，就像永远只有她一个人，而她的美丽也越发动人。虽然她对我尤其不上心，我却发现她也被我吸引着。她对我现了身，原来是一位身材颀长的姑娘。哪怕我不能形容她的美貌，但能看见如此之美的姑娘也让我由衷地赞叹。当我跟她说"过来"时，她马上走了过来，带着内心的不专注，这种不专注却让我极其专心。最后，那个男人消失了。最起码，我能更好地想着她。神会消失吗?

此后，我们生活在一起。每每想到有一天会成为新的神，我都无法抗拒这样的想法。)

一夜无梦的梦境。

❖ 她格外地渴望遗忘:"我们在这里是在遗忘之中

吗?""还不是。""为什么这么说?""因为我们在等待。""对啊,我们在等待。"

遗忘,等待。等待让它聚集,又将它驱散;遗忘把它驱散,又将它聚起。等待,遗忘。

"您会忘记我吗?""会,我会忘记你的。""您如何确信已经忘记了我?""当我有一天回忆起另一个人的时候。""可您想起的还是我啊;我还需要更多。""您会有更多的;当我再也回想不起自己的时候。"这个想法似乎很合她的心意,她思考了一会儿。"一同被忘记。那谁会把我们忘记? 谁能在遗忘中还能确定是我们呢?""别人,其他所有人!""但他们不重要啊。被别人忘记对我来说不算什么。我想被您忘记,只被您忘记。""但是,"她悲伤地说道:"我感觉我已经忘记了您。"

她忘记了他,她回忆起了所有事情,唯独忘记了他的全部:慢慢地、热切地遗忘着。当她踏进房间时——他向她打了招呼吗? 他使用了这种诱惑的能力吗? ——她已经处在遗忘之中,这种遗忘想要道出所有,是为了让一切被遗忘,把不朽放入稍纵即逝的个体。她忘记了,她几乎就是遗忘，就是被遗忘之物可见的美。

❖ 只有神才能到达遗忘：过去的是为了离开，新的是为了重新到来。

❖ 她没有忘记他，她遗忘着。他已经在她的心中消失，在这样的遗忘中，他对她而言还是过去的样子。他也遗忘着她：我们无法回忆起不能回忆的人。

然而，一切都没有改变。

❖ 他清楚地知道：他慢慢地将她推向遗忘。他吸引她到自己身边，同时也把她引向一个她一直更深地、也更浅地遗忘的人。话说出了口，言语透着渴望；穿过烈火，度过静默。他们紧紧靠着，一个靠着另外一个，他们也失去了他们自己。"我为什么要忘记您呢？"遗忘才是最终的目标吗？等待，遗忘。

"我认识你，只是为了对你一无所知，为了在你身上失去我的全部。"

❖ 难道神不就是这样生活的吗？孤独，唯一，与他们发出的光芒没有关系。他们很少打扰我，这倒是事实。我习惯了他们的在场。我享受被他们忽略，却不能确信他们忽略我是出于他们极端的谨慎，还是神性的冷漠。过去的神，过去的神，他们离我们是如此之近。

❖ 遗忘，在毫无遗忘的回忆中接受遗忘。

❖ "是您将我推向了遗忘。""慢慢地，您就承认吧。""是的，慢慢地，温柔地，没有什么比这更温柔。""这样的吸引，它遗忘的温柔比它更温柔。""那为何要让我想起这些？""为了让你忘记。""但我必然忘记了一切。""却不是因为忘记的必然。"

他等待，她遗忘，以可能将他们联系在一起的同一种行动。但是他知道，等待把他阻挡在这种只能在瞬间发生的相遇之外。等待总是处于时间之外的某个重要的东西。

"您让我说话，为什么？为何您让我说出这些话？""我让你说，不如说是我听到了这些话。""这些话从您的期待中来，您知道，而我想我已经将它们全部忘记。""遗忘也是一件好事。""是啊，您想借由这遗忘的话语，让我一直遁形。""在每一句话里，遗忘就是您的存在。"

❖ 你无法找到遗忘的边界，它们如此之远以至于你会忘记。

❖ "如果我回想起所有，回想起我告诉了你所有，那对我们来说，只剩下唯一的回忆了。""共同的回忆吗?"他郑重地说道，我们从来不会属于同一段回忆。""这么说来，就是属于遗忘了。""是啊，当我忘记的时候，我感觉离您更近了。""相互靠近却不用接近。""正是如此，"她有些激动，"不用接近。""也没有真相，没有秘密。""就像所有相遇最后的地方都是它消失的地方。遗忘慢慢地、耐心地，用一种它也不知道的力量，让我们远离我们之间存留的共同点。"她一边听着一边思考，旋即用更低沉的声音回答他："除非遗忘能在一种言语中停留。""遗忘的言语。""任何事物都存在于其他事物之中。""在一切都被遗忘的瞬间，遗忘如何被遗忘？""那就是遗忘，跌进了遗忘。"

❖ 等待，就是等待机遇。无需再等待的瞬间，只有在这种无需等待的瞬间，机遇才会到来。

❖ 对于遗忘，存在只不过是个名词。

❖ "我不是告诉了您全部吗？""是啊，确实如此，您让人不可思议。"他停顿了一下。"这也许是我们的不幸吧。"她却沉默不语。"是我们的不幸。从一开始，您跟我说话时如此亲密，如此让人陶醉。我永远不会忘记最初的几个瞬间，那时我们之间已经把一切都说了。可是，我不想不知道。我只能明白我已经知道的东西。""我信任您，跟您说话就像对自己说话。""是啊，但您明白，我并不知情。""那为何不提醒我？您应该打断我才是。""它给我的触动如此强烈，我没有期望更多，也不能拥有更多。"她思考了一阵，突然间很坚定，她转过来面对他，说话时带着别样的沉重："自打我跟您从开始说话时，就像跟一位我会把所有我想告诉他的事情都告诉的他的人一样吗？""是，我感觉是这样；就是这样。""好吧，这个秘密就是：我把一切都告诉了您。"但他却没有回答。"您很失望。您有别的期待。""不，不，"他摇摇头，"这样很好。"

❖ 他知道跟他说的第一个词是什么，他确信向她说"过来"的时候——她立马走向了他——他把她带入了吸引的循环，在这循环中，只有一切都被说出口时他们才开始言说。是不是他离她太近？他们之间不再有足够的距离了？她在给人陌生感里过于亲近了吗？

❖ 他让她着迷，这便是他的魅力，也是他的错误。"您没有吸引我，您还没让我着迷。"

❖ 她越是遗忘他，越是感觉自己被等待引到她和他在一起的地方。

"为什么您对这个房间这么感兴趣呢？""我对它感兴

趣?""您就承认这房间让您着迷吧。""是因为您把我引到了这里。"

他呼唤她,她到来了。因呼唤而来到,在到来时呼唤。

"您说的话含义也许过于丰富,却独一无二。好像它在别的地方就无法被表达。""难道不是应该的吗?""我并不是想说,在其他地方一切都会有不同的意义,但您的一些话总是在谈论我们所在的地方。为什么? 这里发生了什么? 应该把它说出来。""应该是您去弄清楚,因为我的话已经说过,您是唯一一个听得到的人。"

唯一能听到的人。这个事实迫使他专注、严肃,而不是简单地坚持下去。

"这里发生的事情? 是当下我们正在说话。""是,我们正在说话。""但我们来到这里却不是为了说话。""但我们是一边说话一边走来的。"

❖ 她在那里,确实如此。他所有的目光都聚集在她身上,她聚集在她的身上,又在她的身上与自己分离。他一直看着她,没有走神,然而却像偶然的相逢。在让人着迷、让人迷乱的确信之外，她没有别的样子。

可见，却不是因为可以被看见而被看见。

并非可见，也并非不可见，通过一束比光还快的光亮确信他可以被看见。或许它并非真正的光，只是他们都能看见的光亮，从他们的秘密而来，在他们的无知中释放光芒。没有光芒的光亮，是对爱慕之情久违的确信，是来源于他不在看她的事实的、忧愁并快乐的认知。

她的模样，是能被他看见的最高的权利，即便她无法被看见。

❖ "您看到我了吗?""当然，我看到您，我只看到您——却还没看见。"

❖ 你写下的东西守护着这个秘密。而她，她不再有秘密，她把秘密告诉了你，告诉了你，只是因为你忘了你本可以将它记下来。

❖ 吸引的语言，是沉重的、模糊的语言，在一切被说出口的地方诉说着一切，是颤抖的语言，是没有空间的语言。她把一切都告诉了他，因为他吸引着她，她也依恋他。但是吸引，只是引向一个当我们走进时一切都被说完的地方。

❖ "您看见我了?""当然，我看到您了。""这还不够，所有人都能看见我。""但也许和我看见的你不一样。""我希望有别的答案，我想要别的答案。它很重要。即便您不能看见我，您还是能看到我吗?""那如果您不能被看见呢?"他思考了一会儿:"也许能看见，在我的心里。""我想说的并不是'真的无法看见'，我的要求并没有这么多。但我不希望您是简单地因为我能被看见才看到我。""但愿除我之外没有人能看见您。""不，不，所有人都可以看见，对我来说都一样，但被您看见是出于一个更重要的理由，您知道……""更让人信服的理由?""更让人信服，假若不能保证让可见之物被看见，也并不能真正让人信服。""这么说来，是一直如此了?""一直如此，一直如此，却仍没到来。"

他仿佛在看见她的时候领悟了这番对话，像是他后来才明白的一种警告。

如果我们因为一种先于我们的能力而可以被看见,那么他便是在这种能力之外看见了她,通过一种没有光亮的权利,这种权利让人想起一个错误,一个让人不可思议的错误。

❖ 面孔是最远的、让人痛苦的边界,在那里,让这个边界极其清楚的事物也在来自于它安静的光亮中消散。

❖ 她跟他说话,他听不见她。然而,却是她在他的身上让我听见了她。

关于他我什么都不知道,我在自己的身上、在我之外没有给他留下任何空间。假若她跟他说话,我能在听不见她说话的他的身上听见她。

❖ 为了让她被遗忘,他停留下来,他用来自遗忘的安静的力量,守护着她把他牵扯在内的遗忘。遗忘着,也被遗忘。"如果我忘记了您,您会想起您自己吗?""在您对我的遗忘中,想起我自己。""是我把您忘记,是您想起了您吗?""不是您,不是我:遗忘在您心中忘记了我,与人无关的回忆将把我从回想起的事情中抹去。""如果我忘记了您,遗忘会永远把您引向您之外吗?""永远在我之外,在遗忘的吸引之中。""我们是不是从此刻开始就在一起了呢?""这是我们此刻的存在,却还没有在一起。""在一起?""在一起,却还没有在一起。"

❖ 她跟他说话,他听不见她的话,我在他的心中听见了她。

❖ 那些通过遗忘在遗忘中从我们心中消失的人,也会夺去我们回忆起自己的个人的力量;于是,与人无关的回忆便觉醒了,这种回忆中没有人的身影,它替代着我们的遗忘。

❖ 他在她的身上回忆起白天,回忆起夜晚,回忆起经久不变,回忆起永恒不再,却无法在她身上回忆起她自己。

如果他能想起,他就将忘记。

他不知道此刻是他忘记了语言,还是语言慢慢地、模糊地忘记了他。

清楚的遗忘,语言温热的回忆,在他们身上从回忆走向遗忘。他在他们的透明中发现,如果没有,则是在他们抽象的贫瘠中发现遗忘在温顺地发光。遗忘温顺地出现在他们身上,它的温顺需要给予更多的温柔。

倘若我们能顺应我们每时每刻给人的遗忘,我们就会遗忘——至少有一次——为遗忘而成的语言。

❖ 匆匆一步便成永远。

他们抱怨永恒;就像永恒在他们心中埋怨。"您还想要什么?"他们总是带着奇怪的死亡的念头,这种希望只有在死亡时才能实现。

遗忘,只是遗忘,遗忘的画面,是通过等待从遗忘中还原的画面。

"现如今,我们被遗忘了?""如果你还能说出'我们',那我们就是被遗忘了。""还没有被忘记,别这样说,还没有被忘记。"静静地行走,无言的、封闭的空间,在那里,欲望在不停地游荡着。

他向前走着,辟出一条朝向自己的路,而一股把他们连在一起的力量让她紧靠着他,迈着与他相同的步伐前行,只是匆匆一步,便成永久。

"会有其他人陪伴您的。""或许吧,是另一个不是我的人陪伴着他们。""另一个人,却不是任何人。""另一个人,没有另一个人。"

他感受到有一种想法在靠近他,这想法只不过是永远靠近的想法而已。

❖ 当她问他,问他这个陌生人,一个亲近的人在给予他什么的时候还算不上亲近,他明白,在问他这个问题的同时,她已经让他比其他任何人离她更近。他为什么一下子接受了这份亲近呢?

"您希望我这么做吗?""在让您这么做的同时,我也把这愿望托付于您。"

他拒绝了,但他所拒绝的一直在他眼前,与他的意愿无关，也与他的拒绝无关。

"您什么时候有了这个想法？""当我知道有这个想法的时候，许久以来它对我并不陌生。""事实上，您从来不必思考这些；当您思考它们的时候，只是为了拒绝思考。""但拒绝是思考的一部分。"

他知道，要求他做的事情并不局限于看上去能满足要求的简单动作，特别是当她带着挑衅的温柔向他提到："这难道不是很简单吗？""也许简单，却无从下手。"随后她回应了他的话："这是因为它不能只做一次。"

❖ "您要求我做的……""我没有要求您。""这并不能改变这件事的分毫，您想要求我做这件事。""我不认为我能够想要求您，可能我从来都没有想过。""它比任何愿望都要广吗？您不是不择手段地希望我做这件事吗？""我只是害怕，我害怕想要这样做。"

❖ 她要求什么？ 为什么这个要求没有到达他那里？

"就像您想要的阻止您要求它。于是您没有要求这么做。""我没有要求这么做,我把它放到了您的手中。"

马上给人的印象是:他的手在真相上合上,这只手,离他很远,打开了他的眼睛。

她无所要求,她只是说了些他只有和这个要求联系在一起时才能确信的事情。

她无所要求,她只是要求。这个要求,她应该从一开始就告诉他,至少他以为,他任凭自己的心意辟开了一条路,这条路穿过她说的话走向自己。

❖ 他的想法离开了他的思想,只是为了让他单纯地思考它的远离。

❖ 要求他做的、不能被要求做的事情,一旦被完成,就永远有待去完成:他在两股力量交汇处生活、思考,这两股力量并不相抵触,却两两相互发问。

"把这个给我。"好比向他发问的同时,她在等待他能给她的唯一的、完整的馈赠。

❖ 思想静默的迷途,在等待中从自身回到自身。

通过等待,离开思想的事物回到已成迷途的思想。

等待,是不失去方向的迷途之地,是没有游荡者的颠沛流离。

❖ "您为什么要问我这个,问我?""您是那么应该问的人:我知道一直如此。""您这想法从何而来?"她没思考太久便说:"从您而来。您也清楚。您用这个想法影响我。""您想承认我远不能知道其一二,也无法将它说出口?""这正好说明了它在您的心里比在我的心里更加深刻。""不,相信我,我并不知道。""只有我们两个知道,我们都清楚。"

他感觉,这样的想法并非他们共有,但只有在这种想法之中他们才能共通。

❖ 无需隐藏,却消失不见。

❖ "您要求这么做是因为它是不可能。""不可能,只要我能够要求您，它便是可能。""如果您真的要求我这么做，一切便取决于此。""一切取决于此。"

❖ "假设您让我做的事情，您要求我做是因为我已经做成了。""那您就会知道了。""知道的并不比您多。事情的经过可能如此：您要求我，我已经做成了，但我们谁也不知道这两个决定之间的联系；我的意思是，我们对这两个决定所知道的，不过是在我们面前掩藏它们、把他们变得无法完成、无法接近之事的亲密关系而已。没有您的要求，我如何能让自己预感这一切？但如果您不能在心里通过它的实现而理解它、领悟它，您又如何能要求我去做？"

❖ "每次拒绝，你拒绝的都是不可避免的事情。""是不可能之事。""你把不可能的变成了无法避免的。"

❖ 无需隐藏却消失不见，未被说出却已成定局，在那里却已被遗忘。让她永远地、每次地成为一种在场，正是在这种惊异中思想变得出乎意料。

❖ 在场，是她自己的模样，而她的模样，并不是回忆，是遗忘自己。看着她，他仿佛看到她将被遗忘。

有时他会忘记她，有时他会回忆起来，有时他会回忆起遗忘，并在这回忆中遗忘了一切。

"或许我们只是因为我们的在场而彼此分离？是什么在遗忘中将我们分开？""是啊，什么能将我们分开？""没有什么，除了让我们重逢的遗忘。""但这真的是遗忘吗？"

他们能否在对方身上，发现一种与等待相称的、被遗忘的力量呢？

❖ "我们没有遇见。""说白了我们只是交错而过，这样更妥帖。""这种交错的遇见，让人如此痛苦。"

❖ 许久以来，他尝试不去说一些让空间沉重的话题，谈论空间的同时，又穷尽了有限的、无边界的空间。

❖ "我感觉，您并不是真正想知道。"他不想知道。当一个人想知道些什么时，他也一无所知。

❖ 没有人喜欢与被掩藏的东西面对面。"面对面，其实不难，但不能处在一种倾斜的关系之中。"

❖ "您所有的目光都不在看我。""您说的所有话都不是在跟我说。""您的在场姗姗来迟，让人不能靠近。""您却已经不在场了。"

这是在哪儿？这不是在哪儿？

他知道她在那儿，他将她完全遗忘，他知道她只有被遗忘才能出现在那里，他自己也知道，也遗忘着她。

"还存在这样的一瞬间吗？""在回忆与遗忘之间的一瞬间。""短暂的一瞬间。""却不停止。""不会被想起，也不会被忘记。""通过遗忘回忆起我们自己。"

"为何会有遗忘的喜悦？""喜悦自身也被遗忘了。"

死亡，她说，死亡就是忘记死亡。未来终于出现。"好让我跟你说话吧。""好啊，跟我说话吧。""我不能够跟你说话。""不能说话，你还是说吧。""你这么心平气和，却让我做一件不可能完成的事情。"

这痛苦是什么？这害怕是什么？这光亮又是什么？在光亮中忘记光明。

二

❖ 遗忘,是一种潜能。

迎接遗忘,就像与隐藏之物的约定,是一种潜能。

我们不是朝着遗忘前行,遗忘也不向我们走来,但是突然间,遗忘一直在那里,当我们遗忘的时候,我们总是忘记了一切:在朝着遗忘的前行中,我们与遗忘的静止的在场联系在一起。

遗忘是与被遗忘之物的关系,这种关系通过让与之发生关系的事物成为秘密,保留着秘密的力量与意义。

在遗忘之中,有些东西会偏离方向,这种偏离来自遗忘,即是遗忘。

❖ 后来,他静静地醒来,带着防备,面对忘记一切的可能。

忘记一个词语,在这个词语中忘记了所有的语词。

❖ "来吧,消失吧,就像终会停止的心跳。"

❖ 奇怪的是,遗忘可以信赖语言,语言可以迎接遗忘,就好像在语言的迷途与遗忘的迷途间存在某种联系。

书写,以遗忘之义。

遗忘在每一句言说的话语之前就开了口,并不意味着每个词都注定被遗忘,而是遗忘栖身于每句话,让每句话与被隐藏的事物保持一致。

遗忘,在每句真正的话语给它提供的栖身之所中,让每句话言说,直到遗忘。

遗忘寓于每一句话中。

❖ "你不会两次走进这个地方。""我将走进它,现在却一次都没有。"

守望未被守望之物。

❖ 在遗忘中,迷途之物无法完全掩藏来自遗忘的
迷途。

"忘记死亡,这就是回忆起死亡吧? 与死亡相称的唯
一的回忆,就是遗忘吧?""不可能的回忆。每次你遗忘的
时候,你在遗忘的时候忆起的却是死亡。"

忘记死亡,遇见死亡带来遗忘、遗忘带来死亡的交汇
点,通过遗忘离开死亡,通过死亡离开遗忘,两次离开便走
进离开的真相。

遗忘在静止的等待中徘徊。

❖ 守望未被守望的存在。

看她一会儿,从上看是肩膀;似看非看地看着她;不去
看她,只是看着;似看非看,只是看。

她的存在感过强;却又不在场:暴露在她的在场之下;
却也没有不在场:她自身在场的力量把她和在场的事物
隔开。

❖"那我为什么要继续呢？""我知道原因：为了让您确信您不在说话。""这么说来，那就对我能跟您说的话友好些吧。"

她所说的话——他没忘记提醒她这个事实——一直在勇敢地、隐隐地抗争。"抗争什么呢？""但愿我们能找到答案，这也许是抗争的代价。""到底抗争什么呢？""您想知道答案也要做出抗争。""好吧，我知道了：是对抗这个在场。""什么在场？""我的在场，响应您的召唤的在场。"他没有说话："那您呢，您和我一起抗争吗？""我和您一起抗争，却是为了您能接受它，就像我已经接受了。"

如果怀疑这个词至少能有她赋予它的力量与尊严，她便想——他也意识到——让他怀疑她的在场。

"我不怀疑您，我从不怀疑您。""我知道，那您怀疑我的在场吗？""更不怀疑它。""您看，您更喜欢我的在场。"

她几乎已经过分在场，她的在场痛苦地僭越了让她一直在场的力量。在那里，在他的面前一动不动，甚至当她跟随他时、当他抱住她时。当她说话时，就像在她的在场旁边说话,当她靠近时,因为她的在场而靠近。

在她的在场中走来。

当她靠近时,却没有让她的在场离得更近,她只是在她在场的空间里靠近。

她的在场与在她身上在场之物毫无关系。

她不断地把怀疑引向被她称之为在场的东西,确信他一定会与她的在场之间维持某些关系,而她却被排除在这些关系之外,他应该将此视为一片奇怪的光亮。她说话,在场静默不语;她离开,在场仍在那里,不等待,与等待无关,也从不被等待。他尝试说服她,他没有区分她们,她摇摇头:"我有我的长处,她有她的优点。她身上的什么如此吸引您?""是她让您在场。""她没有让我在场。她在我们两人之间,您难道没有感觉到吗?"他思考了一会儿,几乎有些痛苦:"这就是您想告诉我的事情吗?""她却让我无法告诉您。""您当下就在说着。""但我还没有说出口。"

❖ 想说却不能说;不想说却并不能逃脱言语;于是,说着与不在说,这两种状态处于同一个行动之中,与他交谈的人必须忍受这种状态。

说着，却不想说；想说，却不能说。

❖ "这样看来，我也是一样的情况。""不，您知道的。""如果我与您的在场有联系，为什么您与我的在场没有那些您拒绝承认的关系呢？""我没有拒绝您任何事情。""可能是您跟他说了话。"她想了一会儿，突然激动起来："他们肯定在一起，他们在一起，他们跟我们保持着距离。"他看了看四周："这样的话，我们不需要他们，我们会拥有其他的东西作为报偿。""是的，我们不需要他们；但是，"她马上接道，"您会一直忠诚吗？""我会忠诚的，"他仿佛想到了后果，"为了忠诚，我应该怎样做？"她却带着执着的确信重复道："您要忠诚，您要行得正直。"

他大概知道她会害怕。然而，当她突然低声告诉他，她的动作如此之快，以至于他被引到她想对他说"不要放开我，不要放开我，这比死亡还可怕"这句话的时候，他第一次感觉自己碰撞到了苦痛的事实。

❖ "我无法承受我存在在您的身边。"

❖ 他们等待着,他们互相找寻,他们离开自己的在场,只是为对方在场。她并不只是从等待的深处向他走来;这样想的确有些粗浅。出于她在场冒失的决定,出乎任何意料之外,她出现在那里,这是因为她不能让别人等待她,因为她不停地、悄悄地又毫不掩饰地、带着最单纯的愿望,激动地说道:"我不能再等下去了。"他才发现自己暴露在等待的无限之中。

重聚,等待重聚。

❖ 在等待中,时间已经消失。

等待空出时间,等待占用时间,但被空出的、被占用的东西却不是时间。就像他在等待着,所缺的只是等待的时间。

拥有许多缺少的时间,却又极度缺少时间。

"这会持续很久吗?""如果您感觉它一直在持续,它就一直在持续。"

等待没有给他留下等待的时间。

❖ 他们好像忘记了他们会死去。从那以后，平静让人绝望，时间让人无法承受。

❖ 当你确信时，你还在发问。

他应该在等待中言说。

❖ 等待不知不觉地把言语变成问题。

在等待中寻找等待自身的问题。他并不能找到这个问题，或是把它归于自己，也不能找到合适的提问方式。他说他在寻找，他却不在寻找，如果他发问的话，或许已经不忠于等待了，这个等待它既不肯定也不发问，只是等待。

等待自身的问题是：这个问题是它的一部分，却不能与它混同起来。如果等待的特性是没有结束，哪怕它正在结束，那么这个问题只能在等待结束时才能提出来。

等待的问题是：等待拥有一个无法被提出的问题。在最微不足道的问题和最脆弱的等待之间，它们的共同点便是无限。我们一旦发问,便不会有答案能穷尽这个问题。

通过等待找寻属于答案本质的尺度,不要牵扯出任何发问,哪怕是会作答的东西:这样的尺度并非限定,而是在保留其无限的同时度量它的尺度。

❖ 他避免向她发问,他等待着一个不能回答任何问题的答案。

"您是想对我说话吗?""是,我觉得应该是您。""当您不想和我说话的时候,您还想对我说吗?""这取决于您,应该坚持下去。"

他不能向她发问;她明白这一点吗? 是的,她知道。这好像是个禁区;在他们之间,有些事情已经提前被说出口,他们明白这一点。"有个东西一直在我的身上,在我的前方,它在我想告诉您的时候在我想对您说的话上投下了阴影。"

他们的言语中有太多的真相,他们心照不宣的默契让他们接受了这个事实。

他感觉,他的问题的力量——这些问题他没有表达出来，只是保留在心里——并不直接来源于他的生活，他感觉他应该首先通过等待的力量，像穷尽他的生活那样，带着没有在场的在场，向她说明她避而不谈的事情，来让她安心。但她说了什么呢？是啊，这样她便不让自己把它说出来。就像同一个词已经被说出口，却阻碍了表达。他应该在她说的恰如其分的事情中平静地剔除她说得太过的内容。

"如果我们还活着……""我们现在还活着哪！""您还活着，但是您问我的时候带着某种情绪，它在您身上已经死去，也试着在我身上找到某些不再能活下去的东西。这，就是痛苦，是忧虑。"

❖ 等待的行动：他看她似乎由于等待而离开了自己，除非，在转身为了看她时，他不得不自己也转身而去，只有在这离去中他才能看见她。

❖ 当时间总是太多，便是等待；当时间又缺少时间时，便也是等待。极度短缺的时间就是等待的长度。

在等待中,让他等待的时间为了更好地回应等待而迷失了自己。

发生在时间之中的等待让时间暴露于时间的缺失,在时间的缺失中已没有等待之地。

正是时间的缺失让他等待。

正是时间让他有所等待。

等待中尽是时间的缺失,在时间的缺失中,等待便是无法等待。

时间让不可能的等待成为可能,在不可能的等待中,时间的缺失给人压力。

在时间之中,等待在结束,时间却不因等待而结束。

他知道,当时间结束的时候,时间的缺失也会消散、逃离。但是,在等待中,如果时间一直让他有所等待,他注定要走向时间的缺失,这样的缺失让等待从这样的疏解结局或是任何一种结束中解脱出来。

❖ 等待因等待开心,因等待既开心又失落。

❖ "如此的在场。""您的在场？我的在场？""您知道，我们不能把他们简单地分开。对您来说，我的在场太强，她并不让您感兴趣，也不过于束缚您。而我呢，是因为我几乎不再能感受到您的在场，它对我来说是如此强大，即便消散也无法遏制。"

他经常有这样的预感：如果他等待，是因为他不孤独，他逃避孤独是为了消散在等待的孤独中。总是一个人等待，总是因为等待与他自己分离，而等待却没有留下他一个人。

等待无限的扩散总是因为结束的来临而重新聚集。

❖ 如果每段思考都暗示着无法思考；如果她每次为了能够思考而推延思考……

在等待中，他不能对等待发问。他等待什么？他为什么等待？在等待中等待什么？等待的特性便是规避所有它使之可能却将自己排除在外的问题。

通过等待，每个断言都面对着空，每个问题又附带另一个问题，另一个他也许能突然发现的、更沉默的问题。

等待的思考是：思考便是等待不能被思考的事物，思考在等待之中，又在等待中被延迟。

❖ "我不能再忍受我存在在您的身边。""它不在我的身边，它也不允许这种存在于任何人身边的方式。""但它却在那儿。"她在那里。

他试着告诉她不应该被这样的想法所限制。最好的情况便是绕过这样的想法，丝毫不重视它。这应该不难。她不需要别人的关注。"您不用，也不要去想它。""我也不想，哪怕我想到它，我也不会思考它。""但您看见了她，您一直在看她。""我看不见她，只是当您在那里的时候。""我一直在那里。""当您在那里的时候，时间已经不完全是时间了。""如果您看不见她，那就应该看她。""您希望我看她吗？""我只希望您看她。我希望您看她，一次就足够。""为什么这样说？""为了让您看清她与我是多么的不同。""但我只能在她的身上看到您。"

"您会一直走到抛弃自己在场的那一天吗？"她却没有回答："不会，我也一样，我也会抛弃我的在场，您难道不感觉受伤吗？您都不能在你们之间做出区分了。""除了那些您自己做出的区别。""我没有做出区分。我所做的区分并不想把您区分出来。""我们感觉，我们并不是没有差异。她用我无法忍受的方式让这种没有差异显现出来。"

无差异才能明确在场。

"正是通过这种无差异，她才让您着迷。""她让我着迷？""您让她着迷，你们两人都在吸引的疆界里。"

她让人着迷的地方，就是她身上存在的无差别。

❖ 等待与遗忘，无知与思想，他们确定了什么不能在等待中被等待，什么不能在遗忘中被遗忘，什么是无知所不知，什么在思考中仍未被思考。

遗忘给予他们的在场是，摆脱了任何在场的在场，与存在无关的在场，与任何可能和不可能也没有联系的在场。

❖ 比起任何缓慢，她的遗忘更缓慢；比起任何意想不到的事情，她的遗忘更突然。

"我有时感觉您回想只是为了遗忘：为了让遗忘的力量可以被感知。不如说是您回想起来的就是遗忘。""也许。我在离遗忘两步之遥的地方回想。这样的感觉很奇怪。""也很危险；两步之遥只是咫尺。""确实，但是会产生新的距离，每次我感觉您跟随着我的时候，您却在我的前方。""我跟随您，我想跟随您。"

❖ 回忆是吸引的力量，让她到来，除了无差异的差异，便没有其他的回忆了。

他确信她没有想起来，她只是来到这段回忆、这个静止的在场中。这样的回忆如何能被分享？

回忆让遗忘到来，它好比从真相而来度量真相的尺度。

❖ 她在说话，为了耗尽她的在场，一句一句地说个不停。

❖ "我不希望您依附于我的回忆。这也是为什么我无法回忆我自己的原因。"

❖ "我不能回忆我自己；能被回忆起的并非来自于我。""但您知道，您对我来说并不是一段回忆。这是我们共同的难题。您回忆起您自己，面对我时却没有任何回忆。""但是，我能回忆起，是因为您让我回忆起来。""我是想帮助您。""通过把我引向我自己吗？""我只想帮助您。""是，一点帮助总有用处。""您知道，我的地位微不足道。我就是这房间的一面墙，把您想说的话又还给了您。""地位微不足道。但您在等待，您一直在等待。""我在等啊，"他微笑着说道，"我在完美地等待着。一面好墙的特点就是能够等待。""您等待着，"她又说道，"只是，您却不满足于等待。"在考虑了这件事之后，他也几乎同意她的话："也许吧，我做了我能做的事情。但我不想在等待中找到我的许诺。等待，就如此沉重吗？""等待太可怕了。""那我们不再等待的时候呢？""这才是最可怕的。""这么可怕吗？""就这么可怕，就像您看着我一样。"他看到她的样子，她的脸埋在双手之中，仿佛为了让她无法觉察的痛苦愈发不可见。是的,他应该这样看她。

看不到的痛苦让她的脸庞越发清楚。

❖ 他问她:"难道您感觉不到,我来到这找您,而且找到了您吗?如果是这样,那么剩下的事情还有什么意义呢?""可能是再次相逢,您却没有找到我。""您的意思是?""您不知道您找到的是谁。"他轻轻地说道:"当然,这也让这件事更完美了。我承认,您对我来说既熟悉又陌生。这种感觉让人陶醉。""她对您是陌生,我对您是熟悉的,您应该能感觉到。""我感知事物的方式有所不同。我和您一起反倒很熟悉对我们二人都陌生的事物。""恐怕它们给我们陌生的感觉是不同的吧。""您说这句话的时候,为什么这么伤心?"

❖ 许久以来他都相信,保守秘密并不比靠近他人更重要。但这样的靠近不用走近。他从来不会走得更近,也不会离得更远。他不该走近,而应该通过专注找寻自己的方向。

❖ "您从来没对我说过话，只是对这个秘密说过话。这个秘密已经远离了我，它也是我自己的分离。"

❖ "您感觉悄悄地留在这里。但您却跟我在一起。""如果我不和您在一起，就没那么神秘了。秘密就是和您在一起。为什么我们要谈论神秘的事情、谈论秘密呢？这两个词让我恐惧。""不错。我们在那里只是为了发现它们对我们隐藏的事情。""没有什么神秘的事情，我们从来不把事情变得神秘。"

当他看着她的时候，他知道——她说，这个词让她恐惧——神秘在她一直阻拦的可见的在场之中，透过唯一可见之物的光亮和真正夜晚的昏暗，本身也是显而易见的。然而，在场并不能让神秘之事出现，也不能照亮它，他只能说这样的在场是神秘的，它又是褪去了神秘的色彩，她表现这种神秘，它却不能发现自己。

❖ 神秘，让别人发现却无法发现自己。

❖ 那她谈论它的时候呢？难道不是因为她谈论它所以它才神秘的吗？

❖ 秘密让他不安，不是因为它要求被说出口——它不能被说出口，而是他赋予其他每个词语的重量，包括最简单与最轻的词语，秘密让除了它之外所有可以被言说的事情都被说出口。对无意义词语的巨大的需求使得他们具有同等的重要性，也彼此并无差别。没什么比其他更加重要。重要的是，让他们在一种平等性中同样被说出来，在这种平等性中，他们相互消磨，却不耗尽把他们说出口的可能性。

❖ 它是被显露它并让它更明显的东西所掩盖了吗？

❖ "所有我没有告诉您的事情在您心中的某个地方已经被遗忘了。""被遗忘了，却不是在我的心里。""也在您的心里。"他思考道："我想，如果您能告诉我所有可以被说出口的事情，除了这件事情，如果您直接告诉我，我会用更坚定的方式认识它：它被别人告诉我，却仍然自由。""但您想要的是我的生命。我应该为了无所言说而无可生活。""并不是您的生命；相反，我保留的是您的生命。""这么说的话，您想要的比我的生命还多。"

❖ "好让我……""即便当您说出口，并不能确信您清楚它的存在。也许您向来只在您不知道的时候告诉了我。您会因为您不知道已经告诉我的话而解脱。""但您知道我已经告诉了您。您在那儿就是为了提醒我。""我会在那里。然而，对我来说，谁来提醒我呢？我怎么能知道我能听见这些？我怎么能知道我能清楚地听到它呢？""轮到您的时候，您会让我听到它。""也许我安静地听着我不能再次说出口的事情。即便我说话时很忠实，您会听见我，您却听不到您自己。"她显得吃惊："我所说的话，您知道我不应该真正地听到它们。"随后突然又说："从您听到我的时候，我便会知道：也许甚至在您知道它之前。""您想说您从我的语气中发现，我将会改变？"但她却开心地重复着："我会知道的，我会知道的。"

❖ 说着话，却推延说话。

为什么当她说话的时候，她却推延说话？

秘密——这个词多么赤裸裸——只是她说话、她推延说话这个事实。

如果她推延说话，这样的差别便会保持一个地方的开放。在那里，他让每次不得不变得可见的无差异的在场，让它在吸引中到来，而自己却不被人看见。

让无差异的差异朝着存在走来。

❖ "做这个，我要求你做。""不，你不在要求我。"

这个在场，它是沉默的，不同于沉默也不是沉默，它不在说话。

"劝说我，即便你不能说服我。""我该劝你什么呢？""劝劝我吧。"

❖ "把这个给我。""我不能给您我没有的东西。""把这个给我。""我不能给您在我能力之外的东西。准确地说，我的生命，但这个东西……""把它给我。"

"没有其他可以给你的东西了。""我怎样才能实现我的要求呢？""我不知道。我只知道我会要求您给我，会要求您，直到结束。"

❖ 这个在场，它是沉默的，不同于沉默也不是沉默，它不在说话。

她勇敢地用手向他指出了他的在场。他用了许久才明白她的动作。现在，他明白了一切，这是他最不用强迫自己去做的事情，他甚至明白她因为他的在场而失望，明白对自己感到失望，也因为自己有所解脱，他不用去回想她过去的模样，只是让他的存在在这种吸引之中从无差别的差别中走来。这样的想法为他打开一条路，他已准备前行。他预感，如果他回应了自己之于她的在场，那么他也同样要回应她之于他的在场。但事情远没有这么公平。

❖ "她在那里？""当然了，如果您也在那儿的话。""她到底在不在那里？"

❖ "这样的在场。""您的在场。""也是您的在场。""不是我们任何一人的在场。"

❖ 秘密就是，她的有所保留让她在说话时，推延说话，这种拖延给予她话语。

"我向您许诺过要说话吗？""没有，您什么都没有说，您不想说话却与不能言说之物紧密相连，您就是话语的承诺。"

他们没有说话，他们只是回答将在他们之间说出口的话的那个人。

❖ 他感觉，当下等待的比曾经的要少。他想，这预示着等待在聚积，这个预兆很反常。

在等待中，要等待的事情永远比被等待的事情要多。

等待从他身边拿走了一些东西，他没有失去他们，也不能因为感觉已经失去从而保留他们。

他不再有等待的精力了。哪怕他有,他也不再等待了。相比从前,他现在等待的精力更少。这是因为等待消磨了等待的精力。而等待不会被消磨。等待是消磨其他,自身却不会被耗尽。

❖ "我不断地听到有人对我说这些。""这也许是为何您不能说出口的原因。聆听把一切都留在自己身上,又把一切都拿走。"

❖ 他能等待吗?他想通过学会等待,找出属于等待的本领吗?那么,他便不能等待。

学会等待,是只有等待才能教会的本领,前提是我们能够等待。

❖ 等待是白日之路,是夜晚之路。

❖ "还有很长的路。""却不是为了把我们带向远处。""是为了把我们引到最近的地方。""当所有的事物比任何远方的事物还要远的时候。"

她的身上仿佛有靠近的力量。她很远——她靠门站着——确实很近，一直在靠近，但在他的身边，却只有靠近，如果离得更近，她会因为她表现的亲近而愈发远离。当他抓住她的时候，他触到这种靠近的力量，它凝聚了所有的亲近，它在这种亲近中凝集了所有的远方与外面的全部。

"您很近，她只是在场。""但我只是离您很近，而她却是在场的。""不错，只是靠近；我不会否认这一点。多亏她，我才能抓住您。""因为您抓住了我？""我抓住了您。但离我很近的又是谁？""很近，比近还近。""很近，却不一定是离您很近，或是离我很近？""都不是。这是情理之中。这就是吸引的美：您永远不够近，永远不会太近；而我们抓住了对方，快要碰到彼此。"

在靠近中，互相抓住、互相吸引。吸引人的是亲近的力量，它在吸引中抓住别人的心，从不会在在场中耗尽，也不会在不在场中消散。在亲近之中，触到的并不是在场，却是差异。

"即便我不说话，还是很近吗？""让这份亲近开口吧。"

她身上在言说的，是亲近，是言语的亲近，又是亲近的言语，它一直在言语中走近，一直在走近言语。

"假若我很近，您也一样很近。""当然。然而我们不能把它说出口。""我们可以说什么呢？""您在那里，在亲近之中。这是您的优点，是吸引的真相。"吸引，便是亲近在走近时回应一切的方式。

"我们永远不会走过亲近吗？""但我们经常在亲近中碰面。"

❖ 她靠门站着，一动不动；她明显在看他。也许这是唯一的时刻，他确定她应该能发现他，然而他忽略了对她来说出现在那里的事实，他在她的眼里是这个样子：这个男人，她刚才从阳台模糊地看到了他，她刚刚带着草率的冲动，生气地问他的动作是什么意思，然而他显然就此也没什么可以说的。她在走近的那一刻或许明白了——她走进房间时很明显，却不突兀，这个问题他以后会问自己，但这种礼貌的举动与她行为的激烈有些不协调。好像生气才是唯一的目的。这让人难以置信。现在，她出现了，安然无恙，神情有些不自然：也许是想到这样的举动会让人误会，这种误会难以辩解也让人意外；因此，他的在场最明显的特点便是让人意外，这样的特变也让他感到困惑，但如果仅凭年轻人平静的确信，他在她的到来中也没看出有什么不同。惊讶显而易见：她的怒火如此延续着，以至于愤怒似乎与惊异那突兀、封闭的一面混同起来。在她出人意料的在场中，她要么感到惊讶，要么表现得很惊讶，出人意料也是因为她让其他所有的在场都显得不合时宜，以至于他感觉在这个此刻与她一起同在的房间里，他才是那个入侵者。这个闯入房间的念头只是在他的心头闪过。他从未想过把房间让给她，他的心里满是猎人冷漠的喜悦，当陷阱发挥作用时，它就能在此刻确定的范围给你期待的收获。她在那里，他不会让她离开，目前占据他心头的只是这个念头。

这个房间足够长，却窄得奇怪，他已经发现了这一点；这个有些像阁楼的房间狭窄得让人以为是走廊，特别是在它的另一头，一个人的存在，让本来不协调的比例更加不平衡。

让人感觉她很熟悉这个房间的是，当她走进这个房间时，或许不让人意外，但她如此冒失以至于他感觉走进了她的房间，在她惊讶、局促、生气的静止的情绪中突然撞见了她。她没有环顾周围（就像一个人来到陌生的地方一定会做的事情），哪怕匆匆一瞥，却定在了她转身朝向的唯一方向。面对他的方向。这是自然而然的。除非她到来确实是为了看他，而不是出于其他她已忘记、能让人满意地为她的行为辩解的理由：例如，假若她借用这个借口为了溜进这个房间，之前回忆的某些片段把她和这个房间联系在一起，这也是为什么他认为在这个地方与她之间觉察到熟悉、亲近甚至不协调的感觉。也许，他的在场，他对她做出的手势，他向她的不断接近，突然唤起一段往事，她在控制它之前忍受着这段往事，或许更简单，他们之间有误会，她远远地把他当作她曾遇到过的人，但她现在发现并不是她认出的那个人，尽管他在这个人身上保留着些许让人困惑的相似特征，不让错误突然暴露。自然，他可以认为，在机械地、不得不回应他劝说的同时，她只是服从于对地点的使用，如果这是事实，就像他以为自己知道一样，这个宾馆的一部分正是留给如此的来来往往。这个想法并没有让他不开心。

❖ 当他对她说"过来"时——她立马慢慢地走近，她并没有不情愿，但她身上的单纯没有让她的在场走近——，他难道不应该迎面走向她，而不是发出这个不可推却的邀请吗？也许他怕他的动作让她恐惧；他想放她自由；如果说她并非自发的自由，她的行动却是自由的。（她选择了一个极其缓慢的动作，由于太慢甚至不像是犹豫，这个举动的僵硬是它特有的属性，与这个短暂的、蛮横的邀请形成了对比。）这是一个严肃的词吗？——也是个亲密的词。——是个暴力的词。——却只带有词语的暴力。——将它带向远处。——到达远方却不给他带去伤害。——他不是借用这个词把她带离了远方吗？——他把她留在了那里。——所以她一直在最远方吗？——正是远方离我们才近。

这个词只是他对她做的动作的延长而已。这个动作在延续的同时，变成一个呼唤的词语，这个词必须被低声说出口，语调没有人的气息，在这之中形成了吸引的场域。但这个动作没有任何意义吗？他在做动作时已有所暗指。但这样的呼唤要求更多吗？他朝着他呼唤的东西走去。但他让它到来吗？只是要求在呼唤中到的事物。那他呼喊吗？他在呼唤时回答。

❖ 如何能损害在场的纯粹？

❖ 在等待中，如果逃脱等待的东西一直在等待中在场，那么除了在场的简单一切都被给定。

等待，就是等待没有在等待中被给定的在场，将一切在场的事物从在场中带走的等待，把这种在场引向了在场的简单游戏。

❖ 仿佛他们一直要寻找一条通往他们已经到达地方的道路。

❖ 她说出了自己的评价，坚持道："由于我已经把它告诉您了。或许是因为它过于简单。""它十分简单。""过于简单以至于不能被言说。""因为简单才被言说。"

❖ 相比看她走近，他感觉看见她的时候更少，他在她的身上通过奇特的情感找到一种属于她的靠近的能力。

❖ "当您走进的时候……""您为什么要谈论过去？""因为更合适；言语想谈论过去。""您不想牵连这个在场，我知道，我一直知道，它现在在哪里？""这么说来，就在您在的地方。但我告诉您：她坐在扶手椅上，身体微侧，头有些斜，像是垂下来了。""她不再朝向您了？""没有，并不朝向我。""为什么有这么多不明确的事情？"她突然说道："那您呢，您在哪里？""我感觉我走近了，坐在她的身旁，有些靠后，因为她坐在扶手椅最里面，我们坐得足够近以至于能碰到她的肩膀，能看到她弯曲的脖颈。""我知道了。您想任她轻轻掠走，然后一点点地把她引向您？""也许，是个自然而然的行为。""这不是很怯懦吗？她却没有如此抵抗。""她为什么要抵抗呢？许久以来，所有的把戏都被玩过了。您有理由来捍卫您的观点吗？""什么观点？""她希望所有事情都停留在那里。""她不希望，这是肯定的。然而，她为什么转身，甚至有些远离呢？这并不是单纯的赞成态度，我们应该清楚这一点。""确实，我们应该明白。但是她回应吸引的方式，是通过一种让她行动方式的差别变得无意义的简单，既不拒绝又不接受。""然而一切都未被言说。""没有什么被言说。"

　　"您何时决定要去那里？""那里，坐在扶手椅上？""是的。""当我看到她坐在那里的时候。""她在等待您？""在等着我，也不在等我。""您不怕让她害怕吗？""我当时没有想过这一点，我行动地很快。""是的，您动作很快。那当她看到您的在场的时候呢？"他却没有回答："当您抓住了她的肩膀，她没有坐直吗？""好吧，您知道，这个肢体接触很轻；只是一种提醒她我在那里，提醒她我们有充足的时间的方式。""是的，这种距离突然消失、故事不能继续发展下去的感觉让人愉悦。但您不认为您表现得过于确信吗？您不是过于相信自己吗？""我们可以这样想。这一切都是因为过分确信而发生的。""您不了解她。您不知道她为什么到来。""我不知道，我所做的只是让她到来。""用这种方式？""啊，这种方式比您还简单。"

"您别忘了，这段时间以来，有一种无与伦比的靠近的力量带给我不平凡的想法：一切均取决于此。""某个陌生人也可以靠近。""这是肯定的，哪怕只是陌生人；这就是让这件事不可思议的地方。我感觉相比之前在这里遇见的所有人，我对他最为陌生。""这也是为何您断定您可以毫不尴尬地往前走的原因？""某个您不管怎样也不认识，我们无论如何也无法认识的人：这便是相遇让人愉悦的地方。但还有其他的事情。""然后呢？""然后就很难说了。她随心所欲地让别人看着她。""说到这里。您的意思是，她洋洋得意地让自己成为注意的焦点吗？""我并不想说这个。如果说确实有戏剧性的效果——即便并不浓重、很少见，这个场景发生在我不需要关注的地方——，她却没有参与这件事情；也许她反倒因此而沮丧。""难道不是事实上您看她时有些无忧无虑吗？""也许，这种无忧无虑却来自于她：是的，并不用担心我是否拥有看她的权利。"

仿佛看并不仅仅与实行看的权利有关，它的根源在于对被发现、却被掩藏的在场的确信之中。

"为什么她让别人看见她呢?""因为快感，我想，能被看见的快感。""却永远不够。""当然，永远不够。"

❖ 她靠着门站着，一动不动却一直在靠近，然而她又坐在扶手椅的一头，身体微微侧着，身体舒展，背靠着他，滑动着，而他，任由她向后滑去，让她通过她仰着的广阔地方穿过这空间的一部分，它无法穿越却已被穿过。它将她分开，她的脸从他面前消失，而她却安静地垂下睁开的双眼，好像他们注定会互相看见，即便没有地方让他们看着对方。

正如他抓住她，难以察觉地围绕着她，用一种仍未完成的诱惑力量吸引她，她滑动着，这滑动中她的影像，在她的影像中滑动。

❖ "是的，我知道，这已经是与他的在场抗争的方式。""哦，她没有在抗争。""确实，她完全知道；应该既不抵抗也不同意，只是行走于两者之间，让它悬而未决，在急速与缓慢中一动不动。她所做的只是回答您。""回答我，却不再回应其他任何人。""向回答其他任何人一样回答您：这是极其吸引人的地方。""她却因此被吸引到她的在场之外。""被一直吸引人却未让人着迷的事物所吸引，却仍未对它着迷。""因为强迫产生距离、排斥距离、占据距离的吸引而吸引。""在她身上、在这种她感觉自己成为的吸引之地上，被吸引。""在所有地方在场。""没有在场的在场。""因为额外的重、额外的轻而在场，它们是她给予空间的馈赠，他们让她等同于她仰面躺着的地方。""背靠着他。""在她身上滑过。""投身在外边。""通过将她带离一切可见与不可见的一种显现的激情，仰面躺倒、呈现自己。"

❖ 当她轻轻地起身，没有在他们之间留下距离，只是出于安静的需要，斜靠着他，好似推开两个舒展的身体，她说道："是她说了这之后不长时间吗？""之后不久，可以这样说。""她一直在您的身旁吗？""她又轻轻地站了起来。""为了更好地看见您吗？""或许是为了能顺畅地呼吸。""她不在看着您吗？""她看的是她说的话。"

❖ 已被完成的事情要求完成它自己。

❖ "他们为何来到，互相交谈？"这让她笑了出来："这不是很自然吗？""我也这样想；然而，我想还有其他的原因，因为它，让言语变得自然的事情也让言语变得艰涩。换句话说，为什么听到她让他很惊讶？为什么他确信，她把自己有些虚弱、但清楚而冷漠的声音托付给他，便能从他的身上获得信心？除去他的专注，他能做的只是艰难地回应这份信心？""这件事在最初的时候发生过几次。""至少这一次它发生了。"

❖ "这些词语里面有什么让您惊讶？它们很简单。""我想，我已经习惯您不说话了。在此之前，您什么都没说，也没什么好说。""您认为这些事情，在他们到来的时候，反而抽身离开，也没有被表达出来？在这个声音里，相比于已经到来并为您所用的事情中，有什么更出乎意料呢?""没有什么。只是更少一些。所拥有的——这是声音的一部分——突然比所没有的少：这才是让人惊讶的事情。""是因为这个声音吗？您又责怪它什么呢?""没什么好责怪它的。它有些微弱，有些低哑：可能比我想象的更干净、更冷漠。""您有些迟疑，您应该更坦率一些。它有什么奇怪的地方吗?""它与其他声音一样让人熟悉。也许是它安静的现实让我惊讶，它让我惊讶的同时带走了其他事情安静的现实。""其他事情？已经发生的事情吗?""它们有自己的现实，这是必然的，但也许在我眼里目前为止都很简单的事情突然碰到另一种简单，这种简单来自于声音。有些东西已经变了。"

让人惊讶的，是事情的倒退，是让人惊讶的事情的倒退。

让声音突然出现在那里，出现在许多事情之中，只透露一些事情，这些事情让如此简单的相遇也无法舍弃。声音突然的出现让他惊讶，而与此同时，这个声音说话的方式很直接，投入每句话之中，为了不再补充而毫无保留，它也因此产生了不同层次，在不同层次的声音中，它已准备好让别人听到，或者准备好被表达，尽管它很微弱，它在时间之中，向前、向后填充了所有的空，就像用沉默充满整个房间，时而后退，时而在外，总是很远却又很近，找寻着、明确地说着，仿佛明确地表达才是对它最重要的守护，这个声音带着些许冷漠告诉他："我想跟您说话。"

❖ 他在这个中心绕来绕去，在中心寻找言语，他知道，找到只是通过与中心的关系继续寻找不能被找到的事物。中心让人得以找寻、得以围绕，但它却无法被找到。作为中心的中心一直安然无恙。

在他的在场旁围绕，他只有在这种迂回中才能遇到他的在场。

与他（离开）的在场面对面。

❖ "您在想什么？""在想不能思考的想法。"

最近的想法，就是不能思考的想法。

有一种想法不能被思考，不去思考它便可以完成支配它的否定。无法被思考？被禁止思考？这种想法像其他想法一样让人熟悉，等待着不被思考。不去思考它，就像不能被思考的想法一样。在未被思考之事带来的压力之下生活。

"我有一个不能被思考的想法。""那您想告诉我吗？为了让我试着去思考它。""为了让您不能思考它。"

"为什么在这个想法中，我们更近了？""因为它让所有的亲近远离。"

❖ 当她把这些告诉他的时候，他并没有表现出惊讶，也不认真，她想再说一次，却是徒劳；因此，尽管让他再次说出口做出了许多努力，她却不再能找到，在这句话或是这两句话中，她使用过的表达。她说，这是整体的一部分，这个整体已被完全拆散，留下的仅仅是她的在场中要求的空。

这并不是对谈论它的拒绝或是窘迫；相反，她说得非常乐意：带着轻率，带着无知，带着激情。

"重复它很简单，那再次第一次把它说出口呢？""只要您不是开口就重复它，就很简单。"

他知道，她只能通过耗尽时间的周折迂回才能要求他。但是这个要求——这一点他也明白——只能自己呈现，并且方式如此直接以至于没有时间承担这份要求。

这个要求自己隐藏起来，它在等待的迂回中掩藏了要求的及时性。等待的迂回没有中间的价值。只有立即作出要求的要求，在等待中认出他的等待。言语在二者之间来回，却不是媒介。

❖ "我们等着吧，您最后会说话的。""等待不让人说话。""言语却回应等待。"

等待留下了声音，声音带来言语，言语带来词语。

在每个词语之中，并非真正的词语，而是他们在出现与消失时，所指的他们出现与消失的空间。

在每个词语中间，都有对未表达事物的回应，都有未表达事物的拒绝与吸引。

❖ "我们不再等待，我们永远不再等待。""这是因为我们从未真正等待过。""一切都是徒劳？我们白费了多少努力，停留了多少瞬间。""我们很耐心，我们当时停住了。"

"我不应该把一切都告诉您吗?""现在,我们并不需要说话。让我们静静地听我们自己。"

❖ 在等待之中,没有什么会拖延。等待就是重新抓住不一样的一切的差异。而它却是无差异的,它的身上带有差异。

等待永远在来来回回:这也是它的停滞。等待的静止,比所有运动的事物更加游移不定。

等待一直被掩藏于等待之中。等待的人会走进等待掩藏的特性之中。

被掩藏的事物会向等待敞开,并非为了被发现,而是为了在等待中保持被掩藏的状态。

等待不敞开,也不关闭。它是进入一段既不容纳也不排斥的关系之中。等待与事物自我掩藏、自我展现的行为无关。

对等待的人来说,没有什么是隐藏的。他并不在自我展现的事物旁边。在等待之中,所有事物都被转向潜在的状态。

❖ 它不再因为被掩藏的事物而被保留。

❖ 等待：被等待吸引来到这个看与说的间隙之中，他只有借助故事的恩惠才能承受这间隙，在这间隙里，故事在剧情的展开中上演，但立即——或许从一开始——又被故事的真相扔进将他们同时留住、远离在场的等待中。

"我们已经远离彼此了。""我们还在一起。""我们彼此远离。""也远离了我们自己。""远离从不让人知道。""远离在远离的同时远离着。""也如此靠近我们。""而它却离我们很远。"

即使她神秘地等待着结束向自己走来，就像死亡的馈赠一般，她在无法告知他的故事中等待，并且，在这故事中，她同样不能提起她等待的这份馈赠，却一直等待借助这个故事而拥有它。这个故事，他应该接受用来自于他的词语重新把握，并在顾念终将到来的死亡中找到它们的意义。

"让他们保持分离的，也让他们远离在场……""这个故事中,她吸引着他,他只能拥有被表达的在场。""他的在场完好无损,只因为故事的迂回而在场。""但让这个故事得以像它安静的游戏一样铺陈而开的事情……""正是这两个远离在场的人所等待的远离。""在这种远离中,在看与说之间的空之中,他们因为等待而被不合理地带向彼此。""是因为遗忘。"

等待是,白天之路,夜晚之路,是一条来自与她在故事中等待的事件的道路,在这个故事里,她等待他,他们两人因为遗忘而在一起:他走过的迂回一直在那里,对一些事情暴露。这些事情并未被掩藏也不清楚,而是转向了潜在的状态。不论他愿意与否,在他与她保持的关系之中,对她来说也是一样;在她与他保持的关系之中,对他来说也是一样。

"我们在这里是为了保守这个秘密。""而不是秘密守护我们。""我们在这里,这就是全部的秘密。""是的,但我们在那里吗?""这是秘密的全部。""我们悄悄地在那里。""悄悄地,也让人注意地。""让人注意时悄悄地在那里。""这是我们胜过他们的地方:好像我们是他们的秘密一样。""但他们没有秘密。""他们并不知道，他们以为他们有个秘密。""但我们，我们知道坚守的是什么。""是啊，我们知道。"

然而，随后的一瞬间，突然停下然后看着："是这个在场。"

走向在场，走向他们无法走到的在场。然而因为它与所有来到并朝向它的事物发生联系。在这种远离中走得更远。

"你为什么想从你跟我说到的在场中叫醒自己？""也许是为了在苏醒中睡去。除此之外，我不知道我是否想，您也不知道，您也许也不想。""我如何能这样想呢？我所在的地方，没有什么我能够想要的东西。我在走向等待时等待，这是我在等待中的角色。""等待，等待，多么奇怪的词语。"

"他们在哪里等待？在此地，或在别处？""将他们置于别处的此地。""在他们说话的地方，还是在他们说到的地方？""这是等待的力量，被维持在它的真实中，而不是引向等待的地点，无论我们在何处等待。""秘密地，没有秘密？"

"秘密地，却在众目注视之下。"

"死亡很快来到了？""很快。但是死去却很漫长。"

言谈，而非死亡。

在死亡的瞬间永生，因为他们比要死去的人离死亡更近：他们对死亡在场。

"因为没有未来，他们便不能死去。""也是，他们不再在场了。""他们不在场，他们身上只有慢慢地、一直在消失的在场。""也许是一种没有人的在场。""他们消失于其中的在场，消失的在场。""他们遗忘着，也被遗忘了。""遗忘并不对在场产生影响。在场也不属于回忆。"

❖ 什么让他认为他已经忘记了死亡？是的，什么让他相信呢？是他在找寻她的这种感觉吗？他在找寻她！这样的话，如果他找到了她，他将找到的只不过是一个想法。然而，是某种奇特的想法。

好像突然间，他忽略了所有他能忽略的事情。他应该找寻这种忽略的重心，而不是在搭配不当的词语中找寻，生和死，而是在他所在的地方：在看与说之间的等待之中。

看见,忘记了言说;言说,在言语深处穷尽了无法穷尽的遗忘。

在看与说之间的空白,正是他们彼此不合理地与彼此联系在一起的地方。

他问自己,这种忽略的天赋从何而来,既没有带给他眩晕、恐慌,也没有带给他强大或无力的感受,除非当他逃避时,却带给他平静中的等待,当他这样思量时,他应该回答:从被神秘展开的单纯开始,来自于突然察觉被看见的在场——既是它无法被看见——与就像她赋予言语的那种在场之间的游戏。这种分离不是断裂,而是不让人看见或被真正发现,因为它在可见与不可见、可以言说与不可言说之间划出一条间隙。根据普适的法则,在那里有个掩藏了连接秘密的缝隙,这里的秘密像是一种撕裂,在它隐藏的特征中表现出来。沿着他们的路,他们两人便是这种空的见证者。他认为,这正是忽略与专注之地。这是,但她却没有说,在场的中心,这个她也许希望他用暴力伤害的中心。

好像突然间,忽略了比他能忽略的事情更多的东西……

　　他预感,在这种忽略中,死亡的念头被裹挟了,而且当她用一些话劝他——她却痛苦地与她所忽略的事情抗争——说她也不再有结束,说她也会死去,这可能只是对他来说的死去,在他看来,这种想法只是玩弄于言语与在场之间无知的游戏。

　　他谈论,言语并不背叛无知。

　　❖ 某个瞬间,他开心地告诉她:"啊,您很神秘。"她有些挖苦地回答道:"为什么当我有些远离任何神秘事物时,我却还是神秘的?"

　　❖ 如果在能被看见的事情与能被言说的事情之间,这件事能被分离,言语会努力消除这种分离,让它更深刻,通过让它言说保持它的原样,让它在自身消失。但这种言语作用于它的分离只不过是言语中的分离。除非因为这种分离不再有言语,而用一种已经分离的言语言说。也因为在场的简单,这种简单是在场之中能被看见、能被言说之物的简单。

在场没有被单纯地分离，它是即将来到分离之中的事物。

渐渐地，他一直铭记的问题"她如何远离了自己的在场"迷失在了这样的回答中："那里没有什么神秘的东西；秘密，只不过是分隔停止的那个点。这个点——在看与说之间被划定的空之中——逃离了看的人的视野、溜过说的人的嘴边。"

神秘——这个词多粗浅——是在在场的简单之中被看见的事物与被言说的事物的相遇点。神秘，只有当它通过轻微的摇晃而远离了神秘的点时，它才能被察觉。

❖ "您想让我保留的想法是什么？""您在那里，您看着她，就是这些。""像看着宝贝一样看着她？""像看着往日之火一样看着她。"

❖ "确实，我对您的许多并不知道。""以至于忽略了我。""哦，无知是我们的道路，但我们为了缩短它而勇敢抗争。""是啊,我们在抗争。"他思考了一会儿:"我没有忽略您,有这样的想法是个错误。我尤其没有忽略您。""您的意思是,无知没有让我们的关系成为错误?""我甚至不想这样说。无知让我们彼此联系,就像我应该看着您,用一种过分无知的迂回跟您说话。""那您忽略了什么呢?""这是什么呢?""一些不能被言说的事情?""也不能被看到的事情,却在两者的交汇点上。它靠近所有可能发生的事情,并不知道它们是否会到来。""而它却在那里?""怎么说呢?"

❖ 如果说他看见她,他却不知道自己看见她。

等待带来的目光,朝向所有远离可见与不可见事物的目光。

等待给予目光穿越无知的时间。

❖ "我从未问过您。""然而,您却用问题抓住了我、让我一动不动,好像没有止境。""不,我没有向您发问。""您把我引向了将被说出的事情之中。"

❖ 希望它不再神秘，这也许是个谜，或者一个转瞬即逝的神秘事物，在他们没有放弃之前的精力还在坚持言说的时候，好像言说就是看见。但他不能接受——否则就像关乎他们二人的秘密——接受事件走近他们二人的方式。通过这个事件，在未来或是过去的在场中，她出乎意料地、轻轻地走出了所有神秘，这个事件在言语的空间中，像是一面竖立的丰碑，一面遗忘的、无知的、等待的丰碑，像他自己（被遗忘、被忽略、被等待）的在场。

当她走出所有神秘时，他认为借由在她身上消失的神秘看见了她，但他所看见的，也是那个希望做动作让别人认出自己时隐没于深处的他自己。

❖ "当我们忘记言说的时候，我能更好地看见您。""若我不能遗忘，我便不能言说。""确实，您像是通过遗忘在言说；言说着，却遗忘了言说。""言语被赋予给遗忘。"

"您回想起或是遗忘并不重要，重要的是您在回想的同时，在您回想起的空间忠于遗忘，在遗忘的同时，忠于让您回忆起来的到来。"

❖ 他们忘记的事件：遗忘的事件。因此，它越是被遗忘就越在场。让人遗忘、让自己被遗忘，却未被忘记。遗忘的在场，在遗忘中的在场。在被遗忘的时间中不停遗忘的能力。遗忘，却不可能遗忘。没有遗忘的遗忘——被遗忘。

被遗忘的在场总是广阔而深远。在场中遗忘的深度。

"您也一样，您遗忘了我。""也许，但是，在遗忘您的时候，我拥有了遗忘您的能力，这种能力远远地超过了我，在我之外将我与我遗忘的事情联系在一起。这对单独一个人来说有些太过。""您却不孤独。""是，不是只有我一个人在遗忘，假如我忘记的话。"

言语在被说出口前已被遗忘，它们朝着遗忘前行，让人难忘。

"如果您忘记了我所说的，这很好。它为了遗忘才被说出口。"

❖ 在房间里：当他转身面向他对她打招呼的时刻，他感觉他在转身的同时跟她打了招呼。而且，如果她走来，他抓住了她，在一个没什么可以言说的自由时刻，多亏了这个时刻给予他的遗忘的能力（还有言说的必要），他才能拥有这个在场所回应的想法。

"我回忆不起来了。""但您来了。""也在远离。""您在这远离中走近。""却仍然一动不动。""因为这举动强大的吸引，您停下了。""静止却没停歇。"

❖ 他们之间从来没有困倦，哪怕他们正睡着。他早就接受了这一点。

❖ 她轻轻地站起身，手从侧面支撑着身体。她靠着墙，好像从他们躺着的身体上起来了，看着他们两人，对他说，语气中冷漠的果断让他讶异："我想跟您说话。我什么时候才能做到？""您能在这里过夜吗？""可以。""您能从现在就留下吗？""可以。"

当他听到"可以"的时候，他问自己她是否真的说出了这个词（他如此透明以至于他让她说的话还有这个词都悄悄流走），她转了身子，像是很解脱，又留心不要在他们之间空出距离。

他吸引她，也被他未完成的动作中的吸引而吸引。但当她从他触到的那人身上起来时，尽管他知道她在滑动，在坠落，整个人一动不动，他却不停地为她辟出一条路，他一边前行一边带领着她前行，一股让他们合在一起的力量让她紧紧靠着他。

她说话，与其说说着话，不如说是被言说，好似她自己的言语穿过了她的身体，把她痛苦地变成另一番一直被打断的、没有生命的言语的空间。

当然，说到早晨的阳光——他们也许刚刚一同醒来——他听到她激动地说道："我本应不停地说话吗？"，他不怀疑自己，通过这一句话，便领悟了她说了一整晚的事情。

❖ 这句话与他听到的一样，他在所有她说的话的边缘认出了它，但是认出它，就已经改变了它，在它的无差别中占有它。

这句话与他听到的一样：不近，也不远，没有留下空间，也没有让事物停留在空间之中，一样却不等同，在它无差别中却又不同，然而它从未到来，又阻碍任何事物的到来，但它又被说出口，尽管被掩藏在她话语的简单之中。他如何能把她与之联系起来？

听着这相同的话，他被要求通过专注，在等待的边缘，在回应它的同时，说出它的真相。

❖ "它来了吗？""不，它没有来。"

❖ 痛苦像是被耗尽、被遗忘的话语，占据每个白天与黑夜。

她所说的话，他明白，都朝向她在等待的边缘不断说着的、相同的话语。她这样说着，却又不能言说。但是，带着她独有的耐心，他想，如果他可以，在回应她的时候，便可在她之外吸引她，掌控这种没有尺度的等同。他在他们的话语之间像是等同的尺度，可以让人滔滔不绝或是沉默不语，直到平复她的情绪，给她不断的确信。

在她身上，某种东西温和地、同样地、没有边界地、不停地显露着；它很温和也很迷人，不停地吸引着。当她说话时，词语慢慢地滑向确信，同样，她也似乎滑向那里，吸引着别人，又被别人吸引，沉默，也不沉默。正如她悄悄离开，却又被抓住。

❖ "它来了吗？""不，它没有来。"

❖ 他远远地听着他们说的话，这种远离是为了能听见他们，他们的言语本身给予他的。在这些言语间，没有同意，没有不和，却有（这让他很痛苦）对等同的尺度的默默找寻。总是不同却又相同，在这样的等同旁边言说，为了让他们等同而言说。

他们的话语，他们无法彼此等同，即便他们说着让他们与彼此联系在一起的事情。

就好像这些话语在找寻某层含义，在此之中，相同的话语让静默的等同出现在他们之间，静默的等同直到最后才出现。

流沙的语言，宛如微风的絮语。

❖ "它来了吗？""不，它没有来。""然而有些事情来
到了。"

❖ 兴高采烈，前行这种单纯的行为带着他们二人，来
到一种关切言语之中，把他们带向远离的事物。

❖ 在他们所在的地方，他们仍在尝试通过某种关系与
对方联系在一起。甚至没有语言，没有行动，一直在言说、
在前行，不知不觉地、不带有任何欲望地渴望彼此。

"故事发展到哪里了？""这个故事现在不剩下什
么了。"

❖ 他回想起她在那里一动不动，当他帮她褪去几件衣
服时，没有打断她静止的状态，他并不等着她停下对他说
话，他自己对她说："您现在想起了什么？"他吸引她，抓住

了她,看遍了她的脸庞,而她却让自己轻轻掠过,安静地睁着双眼,她是远离在场的静止的在场。只有她的手,那只她温顺地递给他的手仍然举着,温热又动个不停,像是为了寻找食物而动弹不停的滑溜溜的小婴儿。

他面前的房间,又狭又长,可能长得有些反常,以至于她远远地躺在它的外面,躺在被严格划定的空间内,尽管不够明确,却有固定的基准点,墙上斜开着两扇窗,桌面一片漆黑,他想他正在桌上写作,她坐在扶手椅里,身体挺直,双手空空,或者说,她在那里,靠门站着。在他的身边,在扶手椅里,有个年轻女子微侧的身体,而他想起了她跟他说了大半夜的话。

❖ "是的,您对我说了许多,您当时无比坦率。""这是真的吗? 您肯定吗?""我确定,您有多想我就有多确定。""不可能。您好好想想。这再糟糕不过了。好让我不能跟您说话吧。""这样的话,您放心,您说的比我听到的还多。""我还是说了,却毫无作用。这才是最糟糕的事情。"

❖ 这句话与他听到的一样：这种等同，好比白日的光亮，等待里的专注，更像是死亡中的正义。

"在所有我说过话的人中，我只对他说过话，如果说我跟别人说过话，也是因为他，或与他有关，或在对他的遗忘之中。""如果是这样，你现在正在对我说话。"

这种相同的话语，虽有间隔却无空间，在一切肯定之上肯定，无法否认，太过微弱以至不能闭口不谈，太过温顺而不能被抑制，没言说什么，只是说着，没有生命地说着，没有声音，比任何声音都低：在所有死去的人之中活着，在所有活着的人中死去，呼唤死亡，呼唤为了死亡而让人重生，召唤却不再呼喊。

这种相同的话语，他试着让自己被它牵引的同时，把它引向等同的尺度，像是白日的光亮，等待里的专注，死亡中的正义。

让等待拥有这样的尺度，他知道；在走近等待之等同的等待之中，即便等待总是在它的等同之中超出等待。

❖"当您的话语与我的话在同一个高度上，当他们彼

此等同的时候,他们便不再言说了。""也许,但他们之间还
有沉默的等同。"

❖ 低声对他自己说话,她对他说话时声音更低。这番
话没有他接下去的后续,在无处游荡,却又停留在每一个
角落。应该让她走了。

他们追随的飞逝的话语。

飞逝的话语因为它的逃离被带向了它逃离的东西,然
而,他忽略她,他忍受她,他大步跟在她的身旁,已经快像
个叛徒一样转身,却仍忠诚。

❖ "他吸引我,他不停地吸引我。""他在哪儿吸引您?"
"好吧,在这个我已经遗忘的思想中。""那您能更清楚地想
起他吗?""我做不到。因为我已经将他遗忘。因为他吸引
我,我才遗忘了他。"

❖ 当她说话的时候,她的话语轻轻地被说出口,她的
面孔又轻轻掠过,消失在相同话语的轨迹中,她吸引着他,

他也一样，在这相同的吸引中，她不知道谁在追随她，谁又先她一步。

她好像通过这种没有限度的确信的吸引，来到这空的空间，在这里，他带领着她，追随着她，又停留在看与说之间。

❖ 黑夜像是个独一无二的词语，"结束"一词被不停地重复。

❖ 这句话与他听到的一样，独特却不唯一，像是一个人的低语，又像是一群人在诉说，它带着遗忘，隐藏着遗忘。

确信引来所有词语，又让他们远离所有语词。

"它来了吗?""不，它没有来。""然而有些事情来到了。""在让任何到来停止、留下它们的等待之中。""有些事情来到了，出于意料之外。""等待便是所有要到来的在它未来中留下的静默。"

❖ 她等待故事的发生,她在这个故事中本想通过由他选择的词语到达一种结局,他对这结局负有如此的责任以至于她象征着她的死去给予他的馈赠。这便是他从等待中学会的事情,他试图让她远离,通过遗忘,通过等待。

❖ 他问她:"您痛苦吗?""不,我不痛苦,只是在我的身后有我不用承受的痛苦。"

他又低声问她:"那您痛苦吗?""当您这么问我的时候,我感觉,以后,许久之后,我可能会痛苦。"

❖ 他们走着,让在场到来,让在场静止。——在场却没有到来。——在场从未到来。——然后任何未来都来源于在场。——而在在场中所有在场都消失了。

"这条路路过哪里?""它路过您托付给别人的身体,它在最后一段路被走完。"

在场的冒犯。被空间与在场迎击。

这个动作很慢,在其中,她被她所说的吞噬,她轻轻掠过,坠入她所说的话中,她任由她身上言语的散播带着她,紧靠着他，她迈着与他相同的步伐，他也带着她，抱紧她，如饥似渴地看着她，不等着她为了让自己沉默而不再说话。

"我害怕，我想起了恐惧。""没有关系，相信您的恐惧。"他们继续前行。

❖ 就像他原地不动，她追随的那个他。

❖ 就像您很少说话，那个总是最后打招呼的您。

"当我在你的面前时,当我想看着你,对你说话时……""他抱紧她,吸引她,把她吸引到她的在场之外。""让我走进,一动不动,我的脚步连着你的步伐,安静又急促……""她转身背对他,忍住让他走的冲动。""当你前行的时候,为我辟开一条朝向我的道路……""她轻轻掠过,从他触到的那个人身上直起身子。""当我们走的时候,经过这个房间来到这里,当我们有一刻看着……""她站在那里,她从她身上被带走,等待已经到来之事来到。""当我们远离彼此,也远离我们自己,我们也这样靠近了,却离我们自己很远……""这便是等待的来来回回:是它的停止。"

"当我们想起，当我们遗忘，当我们重聚：我们仍然分离……""这是等待的静止，比任何移动的事物更游移不定。""但当你说'过来'的时候，当我来到这个吸引我的地方的时候……""她坠落了，投身于外，静静地睁着双眼。""当你转身向我打招呼的时候……""她远离了一切可见与不可见的事物。""仰面躺倒、呈现自己。""在这安静的迂回中面对面。""不是她在的这里，也不在他在的这里，是在他们之间。""在他们之间，好像这个地方和它静止的空气，把事情留在他们潜在的状态之中。"

图书在版编目(CIP)数据

等待,遗忘/(法)布朗肖(Blanchot, M.)著;骛龙译.
—南京:南京大学出版社,2015.10(2021.3 重印)
(布朗肖作品集)
ISBN 978 - 7 - 305 - 15937 - 4

Ⅰ.①等…　Ⅱ.①布…②骛…　Ⅲ.①中篇小说—法
国—现代　Ⅳ.①I565.45

中国版本图书馆 CIP 数据核字(2015)第 235568 号

L'attente l'oubli
de Maurice Blanchot
Copyright © Editions GALLIMARD, Paris, 1962.
Simplified Chinese translation rights © 2015 NJUP
All rights reserved

江苏省版权局著作权合同登记　图字:10 - 2011 - 132 号

出版发行　南京大学出版社
社　　　址　南京市汉口路 22 号　　　　　邮　编 210093
出 版 人　金鑫荣
丛 书 名　布朗肖作品集
书　　　名　等待,遗忘
作　　　者　(法)莫里斯·布朗肖
译　　　者　骛龙
责任编辑　胡　舒　沈卫娟
照　　　排　南京紫藤制版印务中心
印　　　刷　南京爱德印刷有限公司
开　　　本　850×1168　1/32　印张4.375　字数57千
版　　　次　2015 年 10 月第 1 版　2021 年 3 月第 3 次印刷
ISBN 978 - 7 - 305 - 15937 - 4
定　　　价　35.00 元

网　　　址:http://www.njupco.com
官方微博:http://weibo.com/njupco
官方微信:njupress
销售咨询:(025)83594756

* 版权所有,侵权必究
* 凡购买南大版图书,如有印装质量问题,请与所购
　图书销售部门联系调换